HEYNE <

Das Buch

Gossec, der grantige Trödler mit dem untrüglichen Gefühl für Gerechtigkeit, will nach einer durch etliche Biere beflügelten Diskussion seinem Freund Julius beweisen, dass der Münchner heute genauso anfällig für den „Führer“ ist wie einst. Er greift in seinen Klamottenfundus, verkleidet sich und zieht los. Eine Schnapsidee, leider mit höchst problematischen Folgen.
Er trifft auf eine Mahnwache von Neonazis und rettet sich nur mit Mühe. Am Tag danach muss er in der Zeitung lesen, dass seine Aktion einem bekannten Kabarettisten in die Schuhe geschoben wird und die Neonazis Vergeltung geschworen haben. Gossec fühlt sich miserabel. Er trifft den Kabarettisten, will die Sache aufklären. Der aber ist eher amüsiert und hat nichts dagegen, mit dieser Geschichte in Verbindung gebracht zu werden. Ein paar Tage später ruft er Gossec an, anscheinend wird er doch bedroht. Kurz darauf ist er tot. Und Gossec findet sich bewusstlos in dessen Wohnung wieder.

»Krimis, in denen alles steckt, was man sich von München erwartet – Sterneköche, Kokshändler, Grattler, Geld. Eine Reihe, die Bayerns Hauptstadt besser auf den Punkt bringt als so mancher Gesellschaftsroman.« *SZ-Magazin*

Der Autor

Max Bronski, geboren 1964 in München, hat seine Heimatstadt nie verlassen. Nach einem abgebrochenen Theologiestudium hat er sich mit verschiedenen Jobs durchgebracht, gemalt und Kriminalromane geschrieben.

Lieferbare Titel

Sister Sox
München Blues
Schampanninger

Max Bronski

Nackige Engel

Kriminalroman

WILHELM HEYNE VERLAG
MÜNCHEN

MIX
Papier aus verantwortungsvollen Quellen
FSC® C014496

Verlagsgruppe Random House FSC-DEU-0100
Das für dieses Buch verwendete FSC®-zertifizierte Papier
Holmen Book Cream liefert Holmen Paper, Hallstavik, Schweden.

Vollständige Taschenbuchausgabe 04/2012

Printed in Germany 2012
Umschlaggestaltung und -motiv: Hauptmann & Kompanie
Werbeagentur, Zürich
Druck und Bindung: GGP Media GmbH, Pößneck
ISBN: 978-3-453-40906-4

www.heyne.de

Heil myself!
Tom Dugan

A bunch of lonesome and very
quarrelsome heroes
were smoking out along the open road;
the night was very dark and thick between them,
each man beneath his ordinary load.
Leonard Cohen

That's right, it's come to this,
yes it's come to this,
and wasn't it a long way down,
wasn't it a strange way down?
Leonard Cohen

1

Hitler in München!

Unglaublich! Mit der Wiederkehr einer solchen Botschaft hatten nicht einmal die Braunen gerechnet. Vermutlich saßen die jetzt da und rubbelten an den Lettern herum in der Angst, dass sich die gute Nachricht bald von selbst wieder in Luft auflösen würde. Ein Spuk? Aber die Schlagzeile war echt und vor allem tagesaktuell. Durfte man eine solche Überschrift überhaupt unter die Leute bringen?

– Seite sechsundfünfzig, Münchner Teil.

Grußlos hatte Julius meinen Laden betreten und mir die Zeitung auf den Tisch geworfen. Seine bloße Anwesenheit bereitete mir heute Morgen körperliche Pein. Julius' Blick war brackig, und die verquollene Visage wies enge Verwandtschaft mit dem Profil eines Donauwallers auf. So wie er mich musterte, sah ich noch schlimmer aus.

Heute früh hatte ich mit einem unbeholfenen Schlag Wecker und Wasserglas vom Nachttisch gefegt und war, vom selbst verursachten Lärm unsanft geweckt, erschrocken hochgefahren. Minutenlang verharrte ich auf der Bettkante. Meine bleiche Haut hatte in der Dunkelheit etwas Fluoreszierendes an sich. Ich versuchte, die nötige Kraft zu schöpfen, um den Nacktmull, dem ich mich innerlich wie äußerlich anverwandelt fühlte, niederringen zu können. Die Selbstbegegnung im Spiegel würde eine Schwächung herbeiführen und musste daher vermieden werden. Ich wusste, dass ich mich vor meinem Anblick ekeln würde.

Julius tippte auf die Zeitung. Ich lehnte mich zurück und drehte mir eine Zigarette. Er verzog angewidert das Gesicht. War mir jetzt auch egal. Mein Kaffee war kalt geworden, irgendwas frisches Warmes brauchte ich jetzt.

Den Artikel überflog ich nur kurz. Fasching, womöglich ein Scherz, auf jeden Fall aber geschmacklose Provokation – war ja alles richtig! Das Bild dazu war ein grobkörniger Schnappschuss. Da stand ein Troll in Wehrmachtsmantel, Stiefeln, mit einer Offiziersmütze auf dem Kopf. Im Widerschein des Blitzlichts erkannte man Silberpaspelierung und Totenkopf. Das Gesicht blieb unkenntlich, ein konturlosgrauer Brei, aber natürlich mit dem Bärtchen, das ausreichend Führeridentität stiftete. Im Hintergrund die Backsteinmauer von St. Anton. Ecke Thalkirchner-/Kapuzinerstraße ungefähr. Er legte grüßend die behandschuhte Rechte an den Schild seiner Mütze. Der Wiedergänger hatte dem Schlachthofviertel einen Besuch abgestattet.

Nun schob Julius die Boulevardversion herüber. *Neonazis: Ehrenwache vor Scheißhaus!* Das klang schon entschieden besser. Vier Kerle standen vor einer Reihe blau-brauner Dixikabinen, zwei mit Fackel, zwei mit Transparent: *Deutsche Ehre, deutscher Soldat.* Julius rang sich ein wulstiges Grinsen ab.

– Irre, oder?

Aber das Irrste, was mir heute nicht mehr in den gequälten Schädel wollte, war, dass ich diese ganze Geschichte losgetreten hatte.

2

Nur unter Schwierigkeiten war ich in der Lage, den Ablauf der Ereignisse auf die Reihe zu bekommen, das Geschehene einem halbwegs vernünftigen Menschen erklären zu wollen, wäre von vornherein zum Scheitern verurteilt.

Mein leerer, aus den Tiefen der inneren Alkoholwüste kommender Blick wanderte durchs Schaufenster nach draußen. Das Wetter lieferte stimmungsmäßig die passende Grundierung. Mit Sonne im Herzen hätte man den föhnigen Wärmeeinbruch als unerwarteten Frühlingsboten begrüßt, aus meiner Perspektive war das nichts weiter als ein brutales Tauwetter. Von den Dächern rasselten Schneelawinen herunter und schlugen klatschend auf dem Pflaster auf. Vorsichtige Fußgänger wichen daher auf die Straße aus und hofften den durch den Dreck pflügenden Autos rechtzeitig entgehen zu können. Das ganze Schlachthofviertel ein brauner Matsch – genau das war der Ausdruck, den ich die ganze Zeit gesucht hatte.

Gestern Vormittag war ich noch bequem und im Vollbesitz geistiger Kräfte hinter der Ladentheke gesessen, hatte in alten Jahrgängen der Fischereizeitschrift geblättert und Kaffee getrunken. Seit letzter Woche war ich Mitglied der Isarfischer. Angeworben hatte mich Rübl, mein Hausbesitzer, dessen entspannte Altersdebilität sich zu einem wahren Jungbrunnen für ihn entwickelte. Zum Glück für uns Mieter konnte er sich allen Versuchen widersetzen, in ein Altersheim verfrachtet zu werden. Dass er nun ganztägig in seiner Hofwerkstatt an der Zündapp seiner Jugend fräste und feilte, war gut zu ertragen. Dieser vergreiste Halbstarke hatte mir den Aufnahmeantrag mit dem Hinweis überbracht, man könne im Verein auch Backfische angeln. Der Witz war zwar abgestanden, aus Respekt vor der Immobilie lachte ich trotzdem. Zusammen mit dem frischen Vereinsausweis lag eine Einladung für den Stammtisch der Fliegenfischer im Briefkasten, und ich hielt es für angezeigt, meine Kenntnisse ein wenig aufzufrischen.

Von Zeit zu Zeit linste ich nach hinten, wo ein Kunde meine Blechware in den aufgestellten Kisten durchwühlte. Ein schmales Bürschlein, Kapuze über den Kopf gezogen, Fieldjackett im Militärstil. Er kam mir bekannt vor, ich brachte ihn aber nicht mehr bündig in meinen Erinnerungen unter. In den Zeiten, als ich noch meine Pflegetochter betreute, tauchte des Öfteren ein Freund von ihr im Laden auf, der seinen kleinen Bruder überallhin mitschleppte. Irgendetwas in dieser Richtung musste es mit ihm gewesen sein oder auch nicht. Ich war inzwischen einer Altersklasse zugehörig, in der man Einzelwesen aus der Hammelherde junger Kerle nur dann noch zweifelsfrei identifizieren konnte, wenn sie einen Opa nannten. Jedenfalls war der unbekannt Gewordene jetzt groß genug, um sich mit großer Begeisterung durch meine Blechware zu arbeiten.

Was gab es da nur zu finden? Mea Culpa! So genau sah ich gar nicht hin, was ich aus Nachlässen herauszerrte an Abzeichen, Orden oder Ansteckern. Wenn der Kunde damit ankam und kaufen wollte, konnte man immer noch überlegen, was es ihm wohl wert war und ob man so etwas überhaupt verkaufen durfte. Ich guckte ihn über meine Zeitschrift hinweg an, er drehte sich um.

– Hast du auch Wehrmachtsplakate, Kamerad, fragte er frech.

Wahrscheinlich wollte er mich gesinnungsmäßig antesten.

Jetzt bemerkte ich, dass er doch anders als die meisten seiner Altersklasse aussah. Er trug ein Kapuzenshirt mit Frakturschrift, außerdem fielen mir seine Springerstiefel unter den hochgekrempelten Hosenbeinen ins Auge. Alles da, aber eben doch ein schmales Bürschlein mit Streuselkuchengesicht, einer, den das Leiden der Pubertät in die vollkommen falsche Ecke geschickt hatte. Meinethalben, aber jetzt ging es erst mal darum, Flagge zu zeigen.

– Verpiss dich. Ab mit dir! So einen wie dich will ich nie wieder in meinem Laden sehen.

Ich packte ihn an der Brustfraktur und schob ihn aus meinem Laden hinaus.

– Das wirst du noch bereuen, zischte er.

Er war noch bleicher als vorher geworden.

3

Schlagartig bekam ich ein schlechtes Gewissen. Wie viele Heldengedenktage und sonstige Gedächtnisaufmärsche hatte ich schon verstreichen lassen, ohne einen Finger zu rühren. Wie Kletten hefteten sich die Jungbraunen an unser Viertel, um ihre Kameradschaftstreffen, Julfeiern und anderen nordischen Märchenabende abzuhalten. Bis in unseren Stadtrat hatten sie sich vorgekämpft. Dass ich mich jetzt gegen die unerwünschte Kundschaft zur Wehr setzen musste, war nur die Spitze des Eisbergs.

Es rumorte in mir. Also rief ich Julius an und redete druckvoll auf ihn ein. Der wiegelte ab, weil er anderes im Sinn hatte. Die Website seines Premiumkunden war nachzubessern. Der Mühlen-Fredi hatte gestern Pfundweckerl statt Roggenschrot ausgeliefert, weil der Warenkorb bockte. Also programmierte Julius mit Feuer unterm Arsch. Aber als alter Freund verstand er sofort, dass mein Bedürfnis nach Aussprache eine gewisse Dringlichkeit erreicht hatte. Er versprach, nach Geschäftsschluss bei mir vorbeizuschauen.

Gegen sieben Uhr kam er dann mit einem Kasten Weißbier herüber, den er kommentarlos in der Küche abstellte. Wir entkorkten eins nach dem anderen und begannen von unserem häuslichen Feldherrnhügel aus die Weltlage zu erörtern. Inzwischen hatte ich viel Zeit gehabt, meine Entrüstung und Befürchtungen mit einem soliden Unterbau zeitgeschichtlicher Analogien zu sockeln. So vorbereitet, nagelte ich meine Argumente unter Mithilfe des Küchentischs vor Julius hin, der das Pech hatte, der erste Adressat zu sein. Dass er anfänglich nur nickte, brachte mich auf die Palme. Nachdem ich sonst nichts an seiner Haltung auszusetzen hatte, prangerte ich seine Bierruhe an. Schließlich wurden wir doch ziemlich laut. Irgendwann klopfte Rübl ans Küchenfenster und fragte, ob alles in Ordnung sei. Das war es mit uns beiden sicherlich, ich hätte nur wissen können, dass man auch mit seinem besten Freund niemals unter massivem Alkoholeinfluss politisieren sollte. Weil man sich im Prinzip versteht, schraubt man sich bei untergeordneten Themen, die noch kontrovers sind, immer weiter in auftrumpfende Rechthabereien hinein.

– München ist dabei wieder einmal besonders gefährdet. Warum eigentlich immer München?, fragte ich.

Julius zuckte die Achseln und reichte mir ein Weißbier.

Um das verstehen zu können, durfte man sich München nicht als bloßen Ort denken, sondern als geistige Verfassung, in der sich das Träumerische fortwährend in das Reale hineinwebt. Man konnte in München die Akropolis nachbauen, der italienischen Renaissance eine Straßenschneise nach Norden schlagen oder Kanäle durch die Stadt brechen, weil man auf einem Boot von Nymphenburg nach Schleißheim schippern wollte. Mögen täte man noch viel mehr! Dieser Überdruck lässt München unter einem ständig geschwollenen Hirn leiden, das noch dazu in die provinziell enge Kalotte des bayerischen Umlands eingepfercht ist. Nicht dass jeder Wahnsinn diesem Schwollschädel entspränge, aber wenn er erst mal in der Welt ist, findet er bei uns das nötige Reizklima, um zu keimen und schließlich zur Blüte zu kommen. In München hatte der steile Schein immer schon glänzende Aussichten gehabt, auch der von weit her importierte, denn original musste hier noch nie etwas sein, nicht einmal das Hofbräuhaus. Nur das Bier im Krug macht einen echten Rausch.

Sicher hatten Julius und ich hier noch einmal je ein weiteres Weißbier entkorkt.

– Prost!

Bei uns konnte Lenin zusehen, wie der Weltkampftag der Arbeiterklasse kollektiv im Biergarten absoff; hierzulande hockte Hitler als Onkel Dolf unterm Esstisch und ahmte für die Kinder die Geräuschkulisse einer kompletten Artillerie vom Schrapnell bis zum Mörser nach.

– Echt?, fragte Julius.

– Sicher, sagte ich. Habe ich gelesen. Und wenn du je eine seiner Reden gehört hast, dann weißt du, was ich meine.

Julius nickte beeindruckt. Vielleicht war das der Zeitpunkt, an dem ich mir an diesem Abend einzubilden begann, intellektuell auch die ganz großen Linien lässig im Blick behalten zu können.

Also warum München? Weil jeder Wahnsinn Widerstand braucht, etwas, woran er sich reiben kann, um sich weiter zu erhitzen. Unser gut katholisches Milieu sorgt für ausreichend Wohlanständigkeit, für Leute eben, die sich gern über alles aufregen, was aus der Art schlägt. Und nun kommt noch eine zweite Zutat ins Spiel: Dem bayerischen Menschenschlag ist eine seltsame Art des Duldens eingepflanzt. Die Tugend der *clementia*, aber mit begrenztem Haltbarkeitsdatum, nur so lange, bis das Maß voll ist. Man schaut sich auch den größten Schmarren eine Zeit lang an. Daraus ergibt sich eine Gemütsverfassung, die man als Erregungs- und Ruhezustand gleichermaßen bezeichnen kann: grantiges Abwarten. Wenn der Vorrat an Geduld verbraucht ist, schlägt man zu, dann aber ansatzlos und hart. Das mit dem viel geliebten Ludwig I. und der Tänzerin ließ man sich eine Weile lang gefallen. Schließlich hat man ihn zum Teufel gejagt. Unsere Revolution und die anschließende Räterepublik krochen nicht etwa aus den Tiefen des *Mathäserkellers* hervor, sie kamen so plötzlich und heftig in die Welt, als hätte man eine Bierflasche aufschnalzen lassen. Die Revolution musste her, und wenn schon, dann sofort. Das Neue kommt als Sturzgeburt. Der Protestant hingegen pflegt den zähen und vernünftigen Protest, nagelt erst mal Thesen ans Portal oder marschiert monatelang mit einer Kerze in der Hand um die Kirche. In Bayern wird der Kessel hochgeheizt, bis es den Deckel absprengt. Dann kracht es. Und da kann es schon mal passieren, dass dabei der brüllende Irrsinn entweicht.

– Und so weit, sagte ich, sind wir jetzt fast schon wieder.

Julius verschränkte die Arme und lehnte sich ostentativ nach hinten. Es kränkte mich, dass er die Stirn runzelte und vom Glauben an meine Rede abfiel. Wie ich nun wieder auf Hitler kam, wusste ich nicht mehr, aber ich wollte auftrumpfen als einer, der in die Abgründe der menschlichen Seele blicken konnte.

– Würde Hitler heute durch München marschieren, würde der überwiegende Teil der Passanten wieder den rechten Arm hochrecken!

Jetzt hatte sich Julius endgültig entschieden, auf der Seite der Gutmenschen zu bleiben. Er schüttelte den Kopf.

– Glaube ich nicht. So viel Lehre hat man aus der Vergangenheit gezogen.

– Und wer, meinst du, macht dann aus diesen jungen Burschen Nazis?

– Ein paar Unverbesserliche oder Verirrte gibt es immer. Hier geht es doch ums große Ganze.

Ich schrie ihn an, schalt ihn naiv, aber er blieb bei seiner Auffassung. So wogte das noch ein paar Weißbier hin und her, bis ich zum endgültigen Schlag ausholte, um diesen sturen Ochsen zur Räson zu bringen. Ich nahm den Schlüssel vom Haken und ging in den Keller hinunter, wo sich in einem Abteil ein provisorisches Lager von mir befand. Mein Giftschrank. Dort lagen auch die Teile aus dem Kostümfundus eines Theaters, die ich nicht zum freien Verkauf anbieten wollte: darunter ein Wehrmachtsmantel, Stiefel und eine SS-Offiziersmütze. Flugs hatte ich mich umgekleidet. Mit einem Kajalstift markierte ich noch das Bärtchen. Julius stand hinter mir und beobachtete mich fassungslos.

– Spinnst du?
– In zwanzig Minuten bin ich wieder da, und dann wissen wir, wer recht hat!
Als ich das Haus verließ, saß Julius sprachlos in sich zusammengesunken in der Küche.

4

Trotz des frühen Abends war das Viertel menschenleer. Dem nasskalten Wetter wollte sich kaum jemand aussetzen. Die paar Passanten, die mir über den Weg liefen, taten so, als bemerkten sie nichts. Da war einer zum Maskenball unterwegs. München im Fasching! Oder ein ungläubiger Schrecken hatte sie fest am Wickel, nach dem nicht sein durfte, was sie sahen. Als ich in die Thalkirchner Straße einbog, schlotterte ich bereits unter dem weiten Mantel. Die Kälte kroch unter meine Totenkopfmütze, und mit ihr begannen sich dort Zweifel einzunisten. Natürlich war das, was ich da abzog, eine vollkommen hirnrissige Aktion. Einmal die Arbeitsagentur umrunden und dann sofort wieder zurück nach Hause, dachte ich.

Dieser Plan wurde durchkreuzt. Von der Lindwurmstraße her näherte sich ein Fahrzeug mit Blaulicht. Offenbar hatte ein braver Bürger die Polizei verständigt. Ein probates Mittel: Wenn man sich in Recht und Unrecht nicht mehr selbst einmischen mochte, konnte man seine Zivilcourage telefonisch lamentierend im nächsten Revier abgeben und die Funkstreife bestellen. Ich lief über die Straße zum alten Südfriedhof hin, in dessen verschwiegene Dunkelheit ich mich zu flüchten hoffte. Als ich den Weg zwischen altem und neuerem Teil entlanghastete, sah ich beim Eingang Feuerschein. Dort hielten sich nicht selten Penner auf, wahrscheinlich hatten sie sich ein Feuer angezündet, um ihre Knochen zu wärmen. Als ich näher kam und feststellte, wen ich vor mir hatte, erstarrte ich. Die Heftigkeit meiner Reaktion schien sich ebenso sehr in den Gesichtern der anderen zu spiegeln: Ich stand vor einem Trupp Neonazis, die neben dem Friedhofseingang eine Mahnwache mit Fackeln abhielten.

5

Was machten die denn da? Die dahinter stehende Geschichte ließ sich rasch rekonstruieren; ich hatte sie in Etappen mitverfolgt, aber eben nicht die nötigen Schlüsse daraus gezogen. Ursprünglich und lange unbeachtet war neben dem Friedhofstor eine Platte mit den eingemeißelten Namen toter Soldaten angebracht gewesen, die Anfang des letzten Jahrhunderts im damaligen Südwestafrika umgekommen waren. *Den Toten des Kolonialkriegs* – so hatte man das ehrende Gedenken überschrieben. Etwa hundert Jahre später hatten Kriegsgegner aus dem Viertel die Tafel mit *no war!* übersprüht. Die Friedhofsverwaltung ließ die Steinplatte abnehmen, reinigen und sie so hoch oben an die Mauer hängen, dass man sie nur mit riesigen Leitern hätte erreichen können. Bald darauf war die

Inschrift mit zielsicher geworfenen Farbbeuteln unleserlich gemacht. Wieder entschloss sich die Friedhofsverwaltung, die Tafel abzunehmen, diesmal für immer. Das wiederum hatte die Neonazis auf den Plan gerufen, denn hier war ein Denkmal für den deutschen Soldaten geschändet worden.

Dass wegen der Tafel eine Auseinandersetzung zwischen Pazifisten und Rechten hin- und herging, hatte ich wohl mitbekommen. In der Zeitung war darüber berichtet worden, und neulich lag ein Flugblatt im Dreck, das ich mir mit dem Stiefel etwas hergerichtet hatte. Darin war von einer Mahnwache die Rede, wo und wann, darum hatte ich mich nicht weiter gekümmert. Solange man ihnen nicht direkt gegenüberstand, nahm man dergleichen als Nachrichten aus einer anderen Welt hin. Dabei zogen die Neonazis ja schon länger durch unser Viertel, trafen sich in Gasthäusern mit gut deutschem Namen und ebensolchem Bier und verprügelten hinterher Griechen, Türken oder Schwarze. Kurzzeitig war das ein Thema. Dann, ohne dass man einen Finger rühren musste, wurden solche Gasthäuser umbenannt, firmierten nun als Bistro, und das breite Bündnis der Mutant Heroes aus Döner, Pizza und Souvlaki, das sich zu solchen Anlässen wie von selbst aufstellte, hatte einen großen multikulturellen Sieg errungen. Alles ohne mich, denn auch mir war die Tugend des grantigen Abwartens reichlich zuteil geworden.

Sie waren nur noch zu viert, zwei Fackel- und zwei Transparentträger. Es ging auf neun Uhr, und eine achtstündige Mahnwache zehrte auch die Ressourcen der Rechten aus. Die Kameraden der vorherigen Schichten hatten sich wohl schon um ihren Stammtisch versammelt. Die Schrecksekunde schien mir bereits auf Minuten angewachsen, aber dann zeigte die andere Seite endlich eine Reaktion: Vier Arme klappten zum Hitlergruß hoch.

Große Erleichterung durchrieselte mich, und daran merkte ich, welch große Angst ich ausgestanden hatte. Natürlich mochte auch von denen niemand ernsthaft glauben, dass sie einen leibhaftigen Hitler vor sich hatten, wohl aber, dass mit meiner Vermummung höheren Orts eine besonders effektvolle Aktion eingefädelt worden war. Leider hatte man vergessen, den Schützen Arsch zu instruieren. Sie standen stramm. Mit dem Rest Hirn, das ich noch hatte, reimte ich mir die verwegene Hoffnung zusammen, dass ich in meiner Maskerade unberührbar bleiben würde. Als wandelndes Symbol! Ein Neonazi verprügelt doch keinen, der ihm als Hitler verkleidet gegenübertritt, ebenso wenig wie der Pfarrer einem Jesusdarsteller gegenüber handgreiflich werden würde. Da wirkte doch eine ganz natürliche Beißhemmung.

Jetzt war ich am Zug.

Ich legte die Hand grüßend an meinen Mützenschirm und drehte ab. Das war ein kritischer Moment; wie würden die vier reagieren? Erst mal passierte nichts. Ohne Instruktionen von oben auf sich allein gestellt, war der Trupp ausschließlich auf seine Schwarmintelligenz angewiesen und daher zunächst gehandicapt. Man dachte nach. Eine Richtung musste sich erst noch herauskristallisieren, damit sich der Haufen formieren konnte.

Als ich das Knirschen von Springerstiefeln auf Kies hinter mir hörte, wurde mir klar, dass sich die komplette Mahnwache aufgemacht hatte, mir zu folgen. Wie eine Schleppe zog ich zwei Fackel- und zwei Transparentträger hinter mir her: *Deutsche Ehre, deutscher Soldat!*

Es wäre eine hemmungslose Übertreibung zu sagen, dass ich noch sicher auf den Beinen war. Zum ersten Mal an diesem Abend fühlte ich mich richtig volltrunken und hatte das beschissene Gefühl, hin und her zu schwanken. Sogar ein eingefleischter Altnazi, der seit Jahr und Tag mit seiner Standarte den Rudolf-Heß-Gedenkmarsch abmetert, hätte mit meinen sechs, sieben Weißbier im Leib erhebliche Probleme gehabt, sauber an der Spitze zu marschieren. Dazu das unangenehme Gefühl, dass mir vier misstrauische Augenpaare Brandlöcher in den Uniformrücken schmurgelten. Außerdem plagten mich ein fürchterlicher Angst- und Bierdruck auf der Blase und vor allem der eine Gedanke: Wie komme ich aus dieser irrwitzigen Nummer wieder heraus?

Wir überquerten die Thalkirchner Straße. Erste Pfiffe von Passanten ertönten. Blitzlicht flammte auf, jemand schien zu fotografieren. Wie ein ferngesteuerter Zombie hielt ich auf die große Baustelle an der Walterstraße zu. Mit Julius hatte ich vor einiger Zeit das dort abgestellte Gerümpel gefilzt, um festzustellen, ob etwas Brauchbares darunter war. Ich wusste daher, dass es eine Baustellenzufahrt nach der anderen Seite hin gab.

– Warten!

So cheffig, wie es mir zu Gebote stand, raunzte ich den Befehl zu meinem Trupp hin. Dann verschwand ich zwischen den Dixiklos hindurch in das Erdgeschoss des Rohbaus. Bald schon fing ich an zu laufen, riss mir den Mantel vom Leib und die Mütze vom Kopf, schmiss beides in einen Container und rannte schneller als der deutsche Landser vor dem überlegenen Feind Richtung Heimat.

Julius gegenüber war ich zu keiner zusammenhängenden

Erklärung fähig. Dass die Sache aus dem Ruder gelaufen sein musste, sah er an dem Fehlen der Uniformstücke. Eine Weile lang hoffte er wohl, dass mich die Cognacs, die wir tranken, wieder zu einem artikulationsfähigen Menschen machen würden. Aber ich wollte alles in einem grundlosen Ozean des Vergessens ersäufen, was ich da durch meine dreiste Dummheit herausgefordert hatte, und so passierte eigentlich nur dies, dass wir uns heftig wie selten zuvor die Kante gaben.

6

Seitdem Julius die Zeitung auf den Tisch geworfen und mein dumpfes Sinnieren schweigend hingenommen hatte, wartete er darauf, dass ich irgendwelche Anzeichen von Reue zeigte. Theoretisch ja, praktisch nein, ich blieb hartnäckig im Zustand des *Stupor Alcoholicus*, wenn überhaupt für irgendetwas geeignet, dann sicher nicht für die moralischen Herausforderungen des Lebens, sondern nur noch für den Mickey-Rourke-Ähnlichkeitswettbewerb.

– Und weißt du, was das Schlimmste ist, fragte Julius.

Mit meinem geschwollenen linken Lid deutete ich an, dass sich etwas Schlimmeres gar nicht denken ließ.

– Das hier, sagte Julius und tippte auf einen Zeitungsabsatz.

Nachdem ich keine Anstalten machte, die Sache zur Kenntnis zu nehmen, las er mir vor.

– Und so weiter, raffte er den Anfang zu bündiger Kurzform, und jetzt kommt es: Hinter der Maske wird der Kabarettist Beppo Wolfertshofer vermutet, der schon mehrfach mit spektakulären Antinazi-Aktionen Furore gemacht hat. Wolfertshofer tritt mit seinem Programm noch bis Aschermittwoch im Schlachthof auf. Und jetzt hör genau hin: Die Nationalen Kameraden München haben auf ihrer Website Wolfertshofer eine seiner Provokation angemessene Antwort angedroht.

Julius schob mir das Blatt unter die Augen.

– Du weißt, was das heißt! Ärger auf jeden Fall, womöglich sogar Gefahr für Leib und Leben.

Wie ferngesteuert stand ich auf, nahm das Espressokännchen an mich und braute mir eine zweite Portion.

– Du hast recht, sagte ich dann nach einer Weile, den heißen Kaffee schlürfend, ich habe unheimlichen Scheiß gebaut.

Julius atmete pfeifend aus und schaute mich erleichtert an.

– Und was machen wir jetzt?

– Ich muss etwas tun, verbesserte ich ihn. Du bist aus dem Schneider.

– Und das wäre?

– Zu Wolfertshofer gehen und ihm sagen, dass die Geschichte auf meine Kappe geht.

Dann stand ich auf, holte mir einen Karton und klapperte nacheinander Büffet und Kühlschrank ab. In der Kiste verstaute ich alle Alkoholika. Julius guckte mir interessiert zu.

– Aber du fängst jetzt nicht gleich wieder zu saufen an?

– Im Gegenteil. Für mich beginnt schon heute die Fastenzeit.

Ich schaffte alles, inklusive der restlichen Weißbiere, in den

Keller. Den Schlüssel hängte ich an ein Kettchen und überreichte ihn Julius.

– Verwahr das, ich stockte, sagen wir: mindestens die nächsten Wochen und gib mir den Schlüssel auch dann nicht, wenn ich dich schreiend darum bitte.

Julius nickte tapfer und machte Anstalten zu gehen.

– Noch etwas …!

Er drehte sich um.

– Kannst du das Leergut mitnehmen?

Achselzuckend raffte er die Flaschen und Kästen zusammen und verschwand.

Mittags sperrte ich pünktlich den Laden zu, hängte ein Schild ins Fenster, nach dem ich im Kundenauftrag unterwegs sei, und legte mich ins Bett. Gegen Nachmittag war ich so weit wieder hergestellt, dass ich den Besuch bei Wolfertshofer in Angriff nehmen konnte.

7

Wolfertshofer aufzutreiben, war nicht schwer. Zwei Stunden vor seiner Vorstellung saß er in der Gaststube am Stammtisch und stärkte sich. Gott sei Dank alleine. Wolfertshofer wirkte nicht beunruhigt, mit großem Behagen widmete er sich einem panierten Schnitzel mit Kartoffelsalat. Seine Halbe Bier war schon fast ausgetrunken. Das sah verdammt gut aus. Ich klopfte zweimal auf den Tisch.

– Darf ich?

Er schnitt eine Grimasse, die eher Ablehnung bedeutete.
– Ich muss mit Ihnen reden.
– Was gibt's?
– Ich war es, sagte ich. Diese Hitlergeschichte, meine ich.

Ich setzte mich neben ihn. Wolfertshofer begann mich mit wohlwollendem Interesse zu mustern. Sein verzinkt-listiges Mienenspiel war mir schon im Fernsehen aufgefallen. Diese Blicktechnik war eine bemerkenswerte Veranschaulichung des Parallaxenfehlers: Er fasste mich ins Auge, ohne sich von seinem Schnitzel abwenden zu müssen. Den linken Mundwinkel zog er dabei zu einer Art Grinsen nach oben. Wolfertshofer war eine bayerische Institution; international gewendet fiel einem zu seiner Statur nur noch Bruder Tuck ein. Für dieses Jahr war er ausgewählt worden, als Bruder Barnabas beim Salvatoranstich den anwesenden Politikern die Leviten zu lesen. Für einen Kabarettisten war dies der Ritterschlag. Die Kutte würde die Ausmaße eines Dreimannzelts haben. Wie man allerdings einen solch massigen Menschen hinter meiner Hitler-Verkleidung vermuten konnte, war mir schleierhaft.

– Dasselbe, sagte ich zur Bedienung.

Gerade noch rechtzeitig bemerkte ich über dem Bierausschank die auf eine Holzscheibe gemalte Darstellung von Sankt Florian mit seinem Wasserkübel. Florian ist der Patron der Brauer und Feuerwehrleute; wo es etwas zu löschen gibt, ist er zur Stelle. Aber Heilige haben ein feines Gespür für Gelübde.

– Alkoholfrei bitte, schickte ich dem Kellner hinterher.
– Erzähl, sagte Wolfertshofer.

So gut es ging, fasste ich meine Geschichte zusammen. Ungläubig schüttelte er mehrfach den Kopf.

– Und jetzt, fragte er, wie soll das jetzt weitergehen? Wir verkünden der Presse, der Gossec war es! Du bist mit Bild in der Zeitung, dazu dein Laden. Übermorgen hast du keine Schaufensterscheiben mehr. Zum Einkaufen gehst du ab sofort nur noch schwer bewaffnet.

Mein Schnitzel kam. Keine Gefälligkeitsportion wie bei Wolfertshofer, aber groß genug für jeden ausgewachsenen Appetit. Ich schnitt energisch ein gutes Stück ab.

– Selber schuld, erwiderte ich. Da muss ich eben durch.

Wolfertshofer lachte. Seine Bauchwülste hüpften auf und ab. Er hielt sein leeres Bierglas zur Theke hin. Man verstand. Mühsam lupfte er die linke Hinterbacke, um seine Hosentasche durchsuchen zu können. Er förderte eine Handvoll Münzen zutage, drehte sich um und begann den hinter ihm aufgehängten Spielautomaten zu füttern.

– Weißt was? Wir lassen das so, wie es ist.

Ich stellte einen Moment lang das Kauen ein.

– Reden wir nicht drum herum: Die nächsten Tage habe ich ein volles Haus wegen deiner Aktion. Dass das ein Schmarren war, den du da gemacht hast – geschenkt! Ich hingegen habe Narrenfreiheit, außerdem vermutet jeder bei mir einen besonderen Tiefsinn. Dass sich die Zeitungen da aufregen, wurscht! Das gehört zum Spiel. Der Klaffenböck ist als Jesus herumgelaufen, ich eben als Hitler. Na und?

Er drehte sich kurz um und warf wieder Münzen in den Automaten.

– Aber die Drohung?, fragte ich.

Wieder ließ er seine Wülste tanzen.

– Haben sie dem Konstantin Wecker je ein Haar gekrümmt?

Er stand auf.

– Wenn du magst, kommst in meine Vorstellung, ich lade dich ein.

Nun wendete er sich endgültig dem Automaten zu. Er kramte in seinen Hosentaschen.

– Ach, ein paar Münzen hättest du nicht zufällig?

Ich gab ihm gern, was ich hatte, und aß mein Schnitzel auf. In puncto Reue und Buße war mir eine Schnellbleiche zuteil geworden.

8

Ich machte mich nach Hause auf. Nach Inspektion meiner Vorräte entschloss ich mich zu einem Pfefferminztee, weil das Kraut wenigstens ordentlich Geschmack hatte. Immer wieder horchte ich in mich hinein, ob sich der Alkoholteufel bemerkbar machte. Aber ich war ganz zufrieden mit meinem Tee, womit ich also für das gute, drogenlose Leben noch nicht vollständig verloren war.

Gerade hatte ich die Beine hochgelegt, als ich bemerkte, dass mein Anrufbeantworter blinkte. Emma meldete sich gewohnt knapp zurück. Sie sei wieder da. Ich solle mir schon mal eine nette Unternehmung mit ihr einfallen lassen.

Emma arbeitete inzwischen für Melatone, einen italienischen Feinkostvertrieb, der auch in München über eine Niederlassung verfügte. Für sie als Deutschitalienerin war der Job ideal, wo sie doch mit dem Mutterhaus in Parma korrespondieren und parlieren konnte, ohne dass sich ihre dortigen Chefs auf das Glatteis einer fremden Sprache begeben mussten. Durch ihre Arbeit war sie ständig unterwegs. Schön für sie, wenn sie in Italien einen Abstecher zu Mamma machen konnte, schwierig für uns, weil wir uns phasenweise nur am Wochenende sahen. Aber gerade deshalb waren unsere Treffen immer etwas Besonderes.

Natürlich empfanden wir die Umstände, unter denen wir nie dauerhaft zusammen sein konnten, als Einbuße. Allerdings, wenn ich tiefer in mich hineinhörte, wusste ich, dass wir gerade deshalb so gut miteinander klarkamen. Früher war Emma über eine Zeitarbeitsfirma in Beschäftigungen vermittelt worden. Wenn sie wieder einmal freigesetzt war, hockte sie tagsüber in ihrem Truderinger Häuschen und beklagte sich abends bei mir, dass wir ständig getrennt seien. In dieser Zeit schmiedeten wir Pläne, eine gemeinsame Wohnung zu suchen. Der Versuch, den ich um ihretwillen unternahm, war jedoch zum Scheitern verurteilt. Meinen Laden und damit meine Existenz durfte ich nicht aufgeben. Und mehr als diese Kombibutze aus Wohnung und Geschäft konnte ich mir einfach nicht leisten.

Trotzdem stand ich in dieser Zeit des Öfteren in meiner Küche und versuchte mich – wie mit der Zunge an den Zahnschmerz – an den Gedanken heranzutasten, dass dies alles hier bald nicht mehr oder womöglich doch ganz anders sein würde. Dieser feine Kosmos von kleinen praktischen Vorrichtungen, die Männer zu schätzen wissen und bei denen Frauen nur verständnislos die Achseln zucken: der Nagel im Schrank direkt über dem Mülleimer, an dem ein gastronomietauglicher Flaschenöffner an einer Lederkordel hängt. Bier öffnen und Kronkorken entsorgen werden hierdurch auf schönste Weise eins. Oder die Blechdose mit Zigarettentabak im Kühlschrank, in der er so frisch wie in einem Humidor bleibt. Der nie versiegende Vorrat von Wildschweinpastete in Dosen, nebst Dillgürkchen, wenn man mal einen richtigen Wolf auf etwas Deftiges zwischendurch hat.

Solche Verlustängste plagten mich, bis mich Emma strahlend mit der Nachricht überraschte, dass sie bei Melatone angedockt habe. Statt an mir und unserem Leben herumzumäkeln, verschoben sich ihre Interessen Richtung Arbeit, und ich genoss es, sie nach ihren Reisen wieder begrüßen zu dürfen, aber auch, mich von ihr zu verabschieden, um mich anschließend in meine Höhle zurückziehen zu können.

Ich rief sie gleich zurück. Von meinen Eskapaden erzählte ich ihr nichts, Sorgen um mich machte sie sich genug. Stattdessen schilderte ich ihr, dass ich Wolfertshofer kennengelernt hatte und in seine Vorstellung eingeladen war. Ob sie mich denn nicht begleiten wolle? Sie willigte gerne ein, beflügelt von der Vorstellung, mit Wolfertshofer, den sie als Kabarettisten sehr schätzte, nun auch selbst Bekanntschaft zu machen. Wenigstens dazu hatte ich es gebracht: sie bei ihm einführen zu können.

Während wir redeten, saß ich auf einer Chaiselongue, die sich zwar als unverkäuflich erwiesen hatte, mir aber zu einem Lieblingsmöbel geworden war, auf dem ich abends lag und abhing. Aus dem dunklen Laden guckte ich nach draußen auf die erleuchtete Straße. Ein junger Kerl drückte sich da draußen vorbei, der meinen Laden zu visitieren schien. Er erinnerte mich heftig an das Streuselkuchengesicht, das die Ereignisse dieses unseligen gestrigen Tages ausgelöst hatte. Doch dann war er verschwunden. Wenig später allerdings tauchte er wieder auf. Der hatte doch etwas vor! Gedroht hatte er mir schon.

Ich beendete das Telefonat mit Emma rascher als vorgesehen, schnappte mir Totschläger und Lederjacke – man wusste ja nie, wen er sonst noch mitgebracht hatte – und ging hinaus auf die Pirsch. Dazu hockte ich mich einfach gegenüber in einen dunklen Hausgang und behielt meinen Laden im Auge. Lange musste ich nicht warten, bis er angeschlappt kam. Ziellos und unentschlossen, wie sie immer den Gehsteig entlangsurfen. Als er wieder meinen Laden anpeilte, packte ich ihn von hinten.

– Wenn du muckst, ziehe ich dir eins über den Schädel.

Ich drehte ihn herum. Mann, sah der scheiße aus! Er hatte ein blaues Auge und eine geschwollene Unterlippe abbekommen. Seine Militärjacke war offen, aus dem Schriftzug über seiner Brust war ein Stück herausgeschnitten worden, offensichtlich das NSDA. Ich erkannte sofort, dass der Junge, der so gerne den harten Kerl auf die Bühne gestemmt hätte, sich zu dem Waschlappen zurückentwickelt hatte, der er schon immer war.

– Du musst mir helfen, stammelte er.

Das hatte gerade noch gefehlt! Wie kam der nur darauf, einen gewaltbereiten Mann in Lederjacke mit einem Sozialarbeiter zu verwechseln?

9

Er saß mir am Küchentisch gegenüber und hielt sich an seiner Teetasse fest. Sein Name war Maik, genauer gesagt: der kleine Maiki, der immer als Bruder von Robin gegolten hatte, aber eigentlich nur das Kind eines episodischen Stiefvaters von Robin war. An dieser Stelle konnte man jede weitere Ausforschung seines Stammbaums einstellen. Sogar bei den Trobriandern waren die Verwandtschaftsverhältnisse übersichtlicher als in meiner Generation. Dem Buchstaben des Gesetzes nach keine Kinder zu haben, bedeutete nicht, dass es nicht doch irgendwo welche gab. Man kannte sie eben nicht. Oder noch nicht. Woraus folgte, dass wir irgendwie auch gemeinschaftlich für eine gewisse Generation Jugendlicher einstehen mussten. Deswegen durfte nun dieser verirrte und hochgradig verwirrte Nachzügler auf meinem Küchenstuhl Platz nehmen. Achtzehn Jahre war er alt.

Bevor er loslegte, zeigte ich ihm erst mal die Harke, damit da keine falschen Hoffnungen aufkamen.

– Wenn du glaubst, dass ich die Mutter Teresa für gestrandete Neonazis bin, hast du dich geschnitten.

Eigentlich sollte er möglichst rasch die Karten auf den Tisch legen und sagen, was er von mir wollte. Notgedrungen musste ich mir seine Geschichte anhören, die Kurzfassung zumindest. Was sich beim ihm abzeichnete, war nicht so simpel gestrickt, wie man hätte vermuten können. Im Gegenteil. Natürlich hatte er wechselhafte familiäre Konstellationen hinter sich gebracht, aber man war immer besorgt um sein Wohlergehen und Fortkommen geblieben. Nie traktierte ihn ein arbeitsloser Alkoholikervater, auch ging seine Mutter nicht auf den Strich. Keine Prolls, sondern gediegene Bürger. Verständnis brachte man ihm im Übermaß entgegen, aber er lehnte alle Angebote ab. Eigentlich wollte er nicht mehr vom Leben, als lässig mit seinen Freunden und einer Bierflasche in der Hand durchs Viertel tackern. In ihrer Hauptschule waren die Milchgesichter nun aber mit einer Türkengang aneinandergeraten, die sie gehörig aufmischte.

– Vorne keine Zähne mehr, Arm gebrochen, Kiefer auch.

Er erzählte von seinem Freund. Daraufhin hatten sie überlegt, was sie von den Türken unterschied, und waren darauf gekommen, dass sie Deutsche waren. Wenn er nicht gerade seinen Pass hatte vorzeigen müssen, war ihm das bislang ziemlich egal gewesen. Aber bei den national Gesinnten stand es hoch im Kurs. Eine Haltung war das nicht oder vielleicht noch nicht, was er da kundtat, sondern Unbeholfenheit. Vor allem aber wurde klar, dass er und seine Kumpels noch nicht organisiert, sondern allenfalls Sympathisanten der rechten Szene waren.

– Jetzt mal zur Sache, was ist eigentlich passiert, dass sie dich so zugerichtet haben?

Mit Ben habe er wegen einer Frau Stress gehabt. Auch schon mal handgreiflich. Beim gestrigen Stammtisch seien sie dann von den NKM aufgefordert worden, bei einer Aktion mitzumachen.

– NKM?

– Nationale Kameraden München.

– Und worum ging es?

– Diesem Kabarettisten, der sie so verarscht hat, einen Denkzettel zu verpassen.

– Wolfertshofer?

Er nickte. Genau das hatte ich befürchtet. Wolfertshofer war zu sorglos.

– Und was wäre euer Part gewesen?

– Seine Wohnung ausfindig machen. Er steht nicht im Telefonbuch.

Das war eine gute Nachricht.

– Aber?

– Ich wollte nicht.

Mit einer Menschenjagd wollte Maik dann doch nichts zu tun haben. Ben habe ihn daraufhin als feige Sau angeprangert. So sei es schließlich zu einer Prügelei gekommen, bei der sich seine anderen Kumpels auf Bens Seite gestellt hätten. Man habe ihn fertiggemacht und ihm gesagt, er solle sich verpissen.

– Und deine Eltern?

– Meine Mutter hat den achtzehnten Geburtstag abgewartet. Dann bin ich bei ihr rausgeflogen. Wegen dieser Nazisachen. Seither haben wir nicht mehr miteinander geredet. Und zu dem Kumpel, bei dem ich immer unterkriechen konnte, kann ich ja nun auch nicht mehr zurück.

– Und was willst du von mir?

Verlegen herumdrucksend starrte er auf den Boden.

– Vielleicht könnte ich bei dir pennen? Und dass du mir für morgen eine Starthilfe gibst? Einen Fünfziger oder so.

Ich drehte mir eine Zigarette und dachte nach. Schließlich gab ich mir einen Ruck und ging in die Kammer nebenan. Die Klappliege hatte ich zuletzt für meine Pflegetochter aufgebaut.

– Okay, hier kannst du schlafen. Eine Nacht.

Ich deutete auf sein Sweatshirt und meinen Bullerofen.

– Wenn du dieses Teil entsorgen möchtest, dort hinein. Und jetzt lass mich allein, ich habe noch zu tun.

Er hörte, gehorchte und verschwand in der Kammer. Seufzend griff ich mir das Telefon. Ich hatte einige Namen im Kopf, die mir in seinem Fall einen Tipp geben konnten.

10

Ich wachte morgens noch vor meinem Wecker auf. Mein Verstand war so klar wie eine Isarquelle. Zuerst ging ich zum Bäcker und holte Hörnchen. Dann ließ ich einen großen Kaffee durchzischen. Maik streckte wenig später seinen Kopf aus der Tür. Ich gab ihm ein Sweatshirt aus meinem Schrank, und wir frühstückten anschließend. Er wirkte bedrückt. Natürlich wusste er nicht, wie es nun weitergehen sollte.

– Fertig?, fragte ich.

Er nickte. Ich hatte ein Kuvert für ihn fertig gemacht.

– Hier sind drei Chancen für dich. Erstens die Handynummer deiner Mutter. Die neue. Ich habe gestern noch mit ihr geredet. Ich halte es nicht für ausgeschlossen, dass ihr euch wieder arrangiert und sie dich neu eintopft. Zweitens die Nummer meines Freundes Hinnerk. Er arbeitet in einer Gärtnerei in Astbach. Dort suchen sie einen Lehrling. Könnte ja sein, dass du einen guten Eindruck machst. Und zuletzt noch fünfzig Euro. Und jetzt ab die Post!

Er hatte noch immer diesen verstellten Blick nach unten, dieses Am-Boden-Stochern. Immerhin gab er mir die Hand. Er wandte sich zur Tür.

– Eins noch, sagte ich.

Er drehte sich um.

– Wo finde ich diesen Ben und seine Freunde?

– *Burg Berneck.* Hinter dem Gotzinger Platz. Aber alleine würde ich da nicht reingehen.

– Mach's gut, Maiki, sagte ich.

Und weg war er.

11

Ich schaute auf die Uhr. Neun war es. Seit sieben Uhr war dort drüben am Schlachthof in der Wirtsstube Hochbetrieb, wenn die Arbeiter zum Morgenkaffee einliefen. Inzwischen waren sie sicher schon zum vormittäglichen Weißbierausschank übergegangen. Der Wirt gab sich am Telefon zugeknöpft. Nein, die Nummer von Wolfertshofer werde er auf keinen Fall herausrücken, das habe der sich ausdrücklich verbeten. Eine Nachricht könne er aber schon weitergeben, wenn er aufkreuze.

Hinterher rief ich Julius an und bat ihn, im Internet nach Wolfertshofers Adresse zu suchen. Das Netz war voll mit Hinweisen auf ihn, aber seine Privatsphäre hatte er abzuschirmen gewusst.

Mir war ziemlich unwohl in meiner Haut, weil ich nichts tun konnte, außer abzuwarten. Ich schaltete das Radio ein, um die Dauernachrichten zu hören. Ein Vorfall um Wolfertshofer würde dort sicher gleich gemeldet.

In dieser Zeit kamen meine Kunden zumeist wegen Fasching, um irgendein ausgefallenes Kleidungsstück zu ergattern, mit dem sie sich kostümieren konnten. Aber an einem so nervös-angespannten Tag wie diesem war für mich der Platz hinter der Verkaufstheke grundfalsch; ich war schon gereizt, als der erste Ankömmling die Ladentür allzu forsch aufriss. Sein Kinn war so vollständig in einen fleischigen Kehlsack versenkt wie ein Kotelett in Sülze. Eine Wampe spannte seinen Mantel nach vorne. Diese ästhetischen Handicaps hielten ihn nicht davon ab, wie Massa persönlich aufzutreten.

– Bisschen staubig hier alles, meinte er.

Ich kannte die Nummer, mit ihr möchte man einen generellen Preisabschlag von wenigstens zehn Prozent platzieren. Dann beugte er sich vor und schenkte mir das fettig-verschlagene Lächeln eines Metzgers, der sich soeben in sein Schwein zu verlieben beginnt. Schon da war mir klar, dass ich mit den Kaufwünschen dieses Menschen nichts zu tun haben wollte. Und so kam es auch.

– Ich täte gerne als Hüterbub gehen.

Ich sähe da figürlich wenig Chancen, sagte ich, Übergrößen gebe es da nicht. Aus dem rustikalen Fach komme für ihn eigentlich nur die Dampfnudel in Frage. Sei auch lustiger.

Als er die Ladentür hinter sich zugeschmettert hatte, spürte ich, wie mir das Herz bis zum Hals hinauf pochte. Hart und schmerzhaft. In dieser Situation schaltete sich mein Alter Ego ein. Wenn nötig, drückte es in stets überlegener Ruhe seine Missbilligung aus oder gab seine Kurskorrekturen durch. Jetzt ging es in die Küche und kochte mir einen Baldriantee. Das heiße Gebräu half. Die verkrampften Fasern meines Nervengeflechts begannen sich zu entspannen.

Das Telefon klingelte. Schon nach dem ersten Läuten hatte ich den Hörer in der Hand. Wolfertshofer war am anderen

Ende. Ich schnaufte durch. Meinen Hinweisen, dass die Nationalen Kameraden versuchen würden, ihm auf den Pelz zu rücken, hörte er nur ungeduldig zu.

– Ist ja nett, dass sich jemand um mich solche Sorgen macht. Aber weißt was? Eigentlich geht mir die ganze braune Bruderschaft am Arsch vorbei. Ich lasse mich doch von denen nicht ins Bockshorn jagen.

Sein Abwiegeln rief bei mir wieder jene angespannte Nervosität hervor, die ich gerade mit Tee heruntergedimmt hatte. Aber er wollte nichts von meinen Befürchtungen wissen. Schon um ein Auge auf ihn haben zu können, wollte ich heute Abend unbedingt sein Programm besuchen.

– Ist noch was?, fragte er.

– Meine Freundin kommt mit.

– Ist in Ordnung, ich lass' zwei Karten zurücklegen.

Grußlos hängte er ein. Ich verstand ihn nicht, aber vielleicht war man als Kabarettist durch die vielen Anwürfe einfach unempfindlich geworden. Unsereinen warfen ja sogar beleibte Hüterbuben aus der Bahn.

12

Emma holte mich ab.

– Ich habe dir was mitgebracht. Venezianische Spezialität.

Was sie auf den Tisch legte, sah aus wie ein in Papier gepackter Flügel eines jungen Lindwurms. Dazu roch das Päckchen nach altem Fisch.

– Stoccafisso, sagte sie, meine skeptische Miene bemerkend.

– Stockfisch?

– Inzwischen eine Delikatesse.

Und ein Kronjuwel der deutschen Sprache, das neben Kindergarten, Rucksack und Sauerkraut fast unverändert den Sprung in fremde Artikulationen geschafft hat. Kulturgüter ersten Ranges, um die uns die Welt dauerhaft beneidet. Dass dem Knödel diese Ehre versagt geblieben ist, konnte die Wissenschaft bis heute noch nicht zureichend erklären.

– Kannst du zum Beispiel *al forno* zubereiten.

– Wenn du dich diesem Versuch mit unterziehst!

Ich verstaute das Teil in der Küche, und wir zogen los. Unsereiner ging ja nur zweimal ums Eck, um in die Schlachthof-Lokalität zu gelangen.

Wolfertshofer hatte recht behalten, das Gedränge vor dem Saal war groß. Volles Haus kündigte sich an. Wie versprochen waren für Emma und mich Ehrenkarten zurückgelegt worden. Nachdem noch jede Menge Zeit war, gingen wir nach nebenan in den Gastraum, um etwas zu trinken. Solche gesunden Maracuja-Kokos-Shakes, wie Emma einen bestellte, die dann mit Fruchtschnitz am umzuckerten Glasrand, Cocktailschirmchen und extra buntem Strohhalm auf den Tisch kamen, taugten nicht für mich. Sie schlossen die schmerzliche Lücke, die das selbst auferlegte Weißbierverbot gerissen hatte, überhaupt nicht. Im Gegenteil! Sie arbeiteten den Verlust brutalstmöglich heraus. Schon vom Optischen her gedacht, ging das nicht auf. So ein Teil in meiner Hand wäre eine ebenso grobe Fälschung wie die alpenländische Anmutung korpulenter Hüter- oder Herzbuben. Also blieb ich beim Bleifreien, wie das Nullprozentige hierzulande heißt.

– Abstinenz?, fragte Emma.

Ich nickte und beließ es dabei, denn meinen Hitler-Exzess wollte ich lieber nicht auspacken. Plötzlich hörte man von draußen Rumoren: Wortwechsel, Pfiffe und Poltern, als höbe im Gang eine Schlägerei an. Dann wurde die Tür zum Gastraum, in dem wir saßen, aufgestoßen, und eine fünfköpfige Gruppe von Kerlen in Fraktur-Kutten betrat den Raum. Ich schaute mich um. Abzüglich Frauen und Kinder hätten wir etwa zehn Männer auf die Beine stellen können. Nur hatten diese zehn nichts miteinander zu tun, sie waren so für sich wie eine übers Meer verstreute Anhäufung von Kleinstinseln. Einer studierte den Inhalt seines Bierglases, einer die Zeitung, ein dritter redete auf seine Partnerin ein, der vierte musterte andächtig sein Schnitzel und so weiter. Sie taten so, als hätten diese fünf Neonazis Tarnkappen auf. Ich wandte mich Emma zu. Jetzt merkte ich, wie sie ihre Finger in meinen Unterarm gekrallt hatte.

– Du bleibst hier. Steh ja nicht auf.

Ich tätschelte beruhigend ihre Hand.

– Und, fragte sie mit seltsam verzerrtem Gesicht, glaubst du, dass die Vorstellung heute Abend witzig wird?

Ich schaute sie entgeistert an. Sie knuffte mich in die Seite.

– Sag doch endlich was, zischte sie. Wenn du die so anstarrst, picken sie dich raus.

Emma hatte die gemeinsam im Raum gepflegte Taktik sofort verstanden. Ich war komplett verhaltensunfähig, wusste nun nicht einmal mehr, wohin ich gucken sollte, um allen Anforderungen, denen ich ausgesetzt war, gerecht zu werden.

Dann ging die Tür noch einmal auf. Ein stattlicher Mann

mit grauem gewellten Haar kam herein. Er drückte sich an niemandem vorbei, sondern pflanzte sich mit der großen Selbstverständlichkeit einer Person im Raum auf, die es gewohnt war, im Mittelpunkt zu stehen. Er trug einen legeren schwarzen Anzug. Das gut geschnittene Sakko war nicht von diesem Schnöselschick, bei dem neuerdings das Jackett dicht unter den Achseln endet und der Mittelknopf auf dem Brustbein sitzt. Seinen ebenfalls schwarzen Ledermantel hielt er über den Unterarm gelegt. Nun blickte er auf und musterte mit Gelassenheit die Fünfergruppe. Seiner lässigen Eleganz gegenüber wirkte der Haufen abgerissen. Er gab ein Bild ab, das zum Hineinklecksen reizte, schon um es wieder in seine Umgebung einzupassen.

Womöglich kannte ich ihn. Eine erste Ahnung zog in mir auf, aber noch focht ich einen heftigen Abwehrkampf gegen die aufkommenden Erinnerungen. Außerdem stand er zu weit weg.

Der Graue hatte in der Gruppe den ausgemacht, mit dem zu verhandeln war. Mit einer Kopfbewegung beorderte er ihn zu sich und redete mit ruhiger Stimme auf ihn ein. An unserem Tisch hört man nur das sonore Brummen seines Basses. Der Neonazi zuckte mehrfach die Achseln, patschte ihm kumpelhaft begütigend auf seinen Oberarm und zeigte ein schüchtern wirkendes Lachen. Dann zog er ab und hinter ihm drein die ganze Gruppe. Der Graue wendete sich zur Bar und orderte ein Pils.

An den Gesichtern der Gäste, die das Geschehen beobachtet hatten, war deutlich abzulesen, dass sich der elegante Herr mit seinem couragierten Auftritt Respekt verschafft hatte. Mir wäre wohl nichts Besseres eingefallen, als mich zu prügeln. Und ich hätte es schon deshalb getan, weil der abgewiesene Haufen ja wohl wegen meines Hitler-Auftritts hier aufgekreuzt war. Ehrensache, dass ich die Rübe hätte hinhalten müssen. Aber nun war die Sache geräuschlos erledigt, und ich musste mir eingestehen, dass sich ein Kerl wie ich gegenüber dem Florett diplomatischer Mittel wie ein Rüpel mit Faustkeil ausgemacht hätte. Mir behagte das alles nicht. Ich sagte Emma, ich würde noch eine Letzte rauchen gehen und sei gleich wieder da.

Qualmend lief ich draußen auf und ab. Jeden Anflug von Neid und Missgunst sollte man unterdrücken. Sie zehren einen von innen her auf. Um mich mit den höheren Mächten wieder auszusöhnen, gab ich nach oben hin kund, dass sie mit dem feinen Herrn sicher die bestmögliche Lösung für diese brisante Situation gefunden hatten. Meine innere Unruhe legte sich dennoch nicht. Schnell sollte sich herausstellen, dass das letzte Wort in dieser Angelegenheit noch nicht gesprochen war.

Ich schnippte den Stummel weit hinaus auf die Straße und machte mich zurück in den Gastraum auf. Dabei tastete ich meine Brusttasche nach den Eintrittskarten ab. Vielleicht war ich dadurch abgelenkt und merkte nicht, wo ich langging, aber eigentlich hatte ich das komische Gefühl, dass mir jemand ein Bein stellte. Jedenfalls verhedderte ich mich und stürzte.

Als ich hilflos wie ein Maikäfer dalag, war das Gesicht des Grauen über mir. Sein Lächeln war unfein, weil es alle Merkmale eines schadenfrohen Grinsens an sich hatte. Jetzt erkannte ich ihn zweifelsfrei.

13

– Ist das nicht Gossec?

Er lachte.

– In bekannter Lage!

Der Graue war Stan. Stan Bolzmann, der Hallenkönig von München. Er reichte mir die Hand, ich schlug sie aus und sprang, so behände ich konnte, auf die Beine.

– Alles klar?

Ich nickte, und nun gaben wir uns die Hand.

– Das mit den Neonazis hast du ja gut hingebogen.

Er kniff verschwörerisch das linke Auge zu, beugte sich zu mir hin, dass mich die ihn umgebende Parfümaura, in der sich Zimt-, Leder- und Zitrusaromen verwirbelt hatten, leicht benommen machte, und klopfte mit dem Fingerknöchelchen an mein Sternum.

– Auftreten ist die halbe Miete.

Eine unbändige Wut kam in mir hoch, als ich das hörte. Ich drehte mich auf dem Absatz um und verschwand.

Ich holte Emma aus dem Gastraum, und wir gingen in den Saal hinüber, wo wir am Ehrentisch platziert waren. Nun würde der Abend, so hoffte ich, endlich seine Wendung zum Guten nehmen. Dieser Wunsch zerstob rasch, denn ein paar Minuten später nahm Stan, eskortiert von der Kassendame persönlich, den freien Platz neben uns ein. Wenn ich etwas hätte vermeiden wollen, dann genau das.

Er gab mir einen Klaps auf die Schulter und stellte sich Emma vor. Einer so attraktiven Frau gegenüber erwies sich Stan als charmanter Plauderer. Er erkundigte sich nach ihrer

Arbeit, die er professionell zu beurteilen wusste, da er ja selbst viel mit Gastronomie zu tun hatte. Um seine Wichtigkeit herauszustellen, ließ er mich übers Stöckchen springen.

– Na, Gossec, sagte er betont locker, machst du immer noch in Hinterhoftrödel?

– Ich mache nicht in irgendwas, ich bin ein Trödler!

– Schon gut. In gewisser Weise bin ich das ja auch noch.

Er umriss kurz und effektvoll seine Aktivitäten. Auf seinen Haufen hatte der Teufel gern und oft geschissen. Während sich mein Königreich auf dreißig Quadratmeter Ladenfläche beschränkte, umfasste seines ein Vielfaches: Vom Antikparadies über die Prinz-Rupprecht-Halle bis zum Musikbunker hatte er sich eine ganze Kette von Hallen in München zusammengekauft und -gemietet. Der Erfolg kam wie von selbst, denn er verfügte über den richtigen Riecher für die nächste Mode. Noch bevor die ersten Jugendlichen den Wunsch geäußert hatten, sich ins Koma saufen zu wollen, hatte er schon die passenden Disko- und Clubtankstellen dafür, in denen der Schnaps so billig wie zu Zeiten von Mutter Courage war.

– Woher kennt ihr euch?, fragte Emma.

Diese Geschichte glaubte ich in Beton gegossen und in der Isar versenkt zu haben. Und jetzt schwamm diese Leiche wieder obenauf. Stan kräuselte die Lippen.

– Wir haben zusammen angefangen.

Nun war es raus! Wie gerne hätte ich *bella figura* gemacht. Aber es gab nun mal nichts daran zu deuteln, dass er der Hallenkönig und ich der Hinterhoftrödler war. Mir tat diese Gegenüberstellung weh, weil ich fürchtete, für Emma nun als Arsch vom Dienst dazustehen. Als Versager, der gegen diesen Supergockel nicht bestehen konnte.

– Melatone hat ja schon mehrfach versucht, mit uns ins Geschäft zu kommen, sagte Stan zu Emma.

Sie beugte sich vor.

– Tatsächlich?

– Pippo Malandrino hat zuletzt vor zwei Wochen um einen Termin gebeten.

– Pippo selbst?

Emma war beeindruckt. Stan reichte ihr eine Visitenkarte, die er seinem Jackett entnahm.

– Ruf mich an. Dann machen wir etwas ab.

Hocherfreut strahlte sie mich an. Wenn es nicht so sinnlos gewesen wäre, hätte ich den Kerl nun windelweich geprügelt. In dieser Situation wurde mir wieder einmal überdeutlich vor Augen geführt, dass ich keine Ahnung hatte, wie Frauen wirklich tickten. Vielleicht durchschaute Emma ja dieses doofe Spiel, vielleicht fand sie sein Gehabe genau so albern wie meine Machoausraster, die ich manchmal an den Tag legte. Aber tief in mir hockte fett und hässlich die Angst, dass sie sich von seiner brusthaarigen Virilität beeindrucken ließ. Wahrscheinlich hatten Kerle wie er oben am Kopf eine Testosteronzerstäuberdrüse sitzen, mit der sie jede Frau gefügig machen konnten.

Wie gern hätte ich nun meine wunde Seele tüchtig mit Alkohol bepinselt!

Stan zelebrierte weiter seine Wichtigkeit. Er zog aus einer schmalen Ledermappe ein Papier hervor und setzte seine Lesebrille auf, die ihm diese hochmütige Anmutung gab, wenn er über die Gläser hinwegblickte. Er überflog das Blatt.

– Wahrscheinlich übernehmen wir das Programm später einmal in eines unserer Häuser. Könnte ein amüsanter Abend werden.

Die Darbietung hatte die Form eines Theaterstücks, bei dem Wolfertshofer in unterschiedlichste Rollen schlüpfte: Von Diadochenkämpfen aufgerieben, lag Bayern danieder. Das Erbe der großen Parteiführer und Ministerpräsidenten war verschleudert. Zwar bestimmte die göttliche Vorsehung dies vorher, aber man wies auch einen Ausweg. Die Last, ihn zu beschreiten, ruhte vollständig auf den Schultern eines Einzelnen: Franz Josef Strauß musste die Existenz eines Tulku auf sich nehmen. Obwohl er bereits ins Nirwana eingegangen und seine Wiedergeburt daher nicht mehr notwendig war, entschloss er sich zu freiwilliger Rückkehr, bis Land und Leute gerettet sein würden. Die Zeichen hienieden, in denen sich seine Rückkehr kundtat, wurden beredter: Wie Eisenspäne in einem Magnetfeld ordnete sich der Blumenschmuck in seiner Gruft immer wieder neu zu einem Wegweiser Richtung Nordost, nach Niederbayern hinein. Die letzten seiner Weggefährten wurden von Träumen heimgesucht, die übereinstimmend einen kräftigen jungen Mann beim Holzhacken zeigten. Mit einigen persönlichen Gegenständen ausgestattet, zog eine Gruppe los, um den Erwählten zu finden. Über Tacherting, Burghausen, Braunau und Bad Füssing stießen sie ins tiefste Niederbayern vor. Als sie ihn schließlich im Dreiländereck aufgespürt hatten, stellten sie fest, dass er bereits unverbrüchlich mit einer anderen Partei liiert war. Auch die göttliche Vorsehung hatte sich dem freien Willen des Menschen gegenüber als machtlos erwiesen und begann in tragischer Verschlingung den Niedergang des Bayernlandes herbeizuführen, den sie eigentlich hatte abwenden wollen. Doch die letzten Getreuen bäumten sich dagegen auf. Noch vor Ort schlossen sie sich zur Böhmerwaldloge zusammen, einem Geheimbund, der die illegitim gewordene Abkunft der Staatspartei für immer verhüllen sollte. Gemeinsam bildeten sie seither das eigentliche Machtzentrum, das die Fäden in der Hand behielt und Führungsfiguren nach Belieben einsetzte und verschob.

In der Tat war Wolfertshofers Programm geistreich und witzig. Hätte ich den Nerv dafür gehabt, hätte ich einen rundherum vergnüglichen Abend verlebt.

Im Halbdunkel linste ich immer wieder zu Emma hinüber. Da saß sie also, meine attraktive Italienerin, mit ihrem graufädig durchzogenen dunklen Haar, ihrem sanft geschwungenen Profil, aus dem die markante Nase hervorstach, und ihrer Figur, an der auch einem parthenogenetisch gezeugten Außerirdischen der große Unterschied zwischen Mann und Frau lehrbuchmäßig verständlich gemacht werden konnte. Innerlich wurde mir ganz weh, ich hatte Angst, sie zu verlieren. Sie aber schien mir so ganz bei sich, sie lauschte, lachte und klatschte.

Mit seinem etwas mysteriösen Schluss ging Wolfertshofer ab, und es wurde dunkel. Als die Scheinwerfer wieder angingen, stand er oben auf der Bühne, zeigte sein verzinktes Grinsen und war sichtlich geschmeichelt von dem Beifall, der auf ihn herniederprasselte.

14

Hinterher saßen wir noch mit Wolfertshofer im Gastraum. Ich hatte das x-te Alkoholfreie vor mir, das ich lustlos Glas für Glas wie in einen Gully abgoss. Ansonsten hing ich deplatziert an einer Runde fest, zu der ich weder etwas beitragen konnte noch wollte.

– Und, fragte Wolfertshofer unvermittelt derb, ist es gekauft?

Stan nickte.

– Zwei Wochen könnte ich mir vorstellen. Wo wir das stattfinden lassen, müsste ich mir noch überlegen.

Wolfertshofer strahlte.

– Dann kannst du mir gleich einen Vertrag schicken, oder? Und Vorschuss!

– Prost!

Schließlich malte Wolfertshofer das gegenwärtige und künftige Programm weiter aus. Wie er als Bruder Barnabas auftreten würde. In Gegenwart einer hübschen Frau und eines einflussreichen Veranstalters ließ er sich nicht lumpen und gab die Rampensau. Emma unterhielt sich glänzend, steuerte Geschichten aus Italien bei und ließ sich als südländische Expertin hofieren.

Vielleicht war Wolfertshofer müde geworden, jedenfalls schien er irgendwann das Interesse an unserem Kreis zu verlieren. Am Nebentisch hatte sich eine Gruppe von Kartenspielern niedergelassen, die ihn zunehmend in ihren Bann zog. Er erhob sich und klopfte auf den Tisch.

– War mir ein Vergnügen! Aber jetzt muss ich mal bei den Burschen da drüben angreifen!

Die Gelegenheit war günstig. Ich fasste Emma am Arm.

– Dann lass uns gehen!

Stan winkte ihr zu.

– Wir sehen uns!

Ich war heilfroh, als wir endlich draußen waren. Emma gestand mir, dass sie sich geschämt habe, Wolfertshofer um ein Autogramm zu bitten. Ob ich das gelegentlich nachholen könnte? Ich hätte ihr noch viel mehr versprochen.

Als wir bei mir – sie mit Klosterlikör, der sich noch in meinem Küchenschrank gefunden hatte, ich mit Tee – zusammensaßen, fragte sie, was sie schon die ganze Zeit über hatte wissen wollen.

– Woher kennst du Stan?

– Ich wünschte, ich müsste diese Geschichte nie wieder erzählen.

– Was ist daran so schlimm?

– Er war mal mein Freund.

Die Vorgeschichte, die zu unserer Bekanntschaft geführt hatte, sparte ich aus, denn meine Vergangenheit war kein Ruhmesblatt.

An einem grauen Novemberabend in ebenso grauer Vorzeit hatte ich das sichere Gefühl gehabt, dass alle meine hochfliegenden Pläne in den Sand gesetzt waren. Ins Trudeln geraten zu sein, das wäre zu milde ausgedrückt, ich war im Sturzflug in das schwärzeste Loch meines Lebens unterwegs. Mit kaum mehr Geld und keinem Plan ging ich in den *Atzinger*, wo ich einen Billigschweinebraten essen und ein paar Bier zischen wollte. Mit dem mir verbliebenen Resthumor betrachtete ich das als meine Henkersmahlzeit. Ich saß allein am Tisch, hatte meine Portion bereits verputzt und überschlagsweise noch drei Bier gut. Am Nebentisch verhandelten zwei Männer Geschäfte und bekamen sich in die Haare. Nach einigen Hakeleien hin und her wurde der Ältere laut.

– Das ist mir wurscht, schrie er, wie du das machst. Ich habe gesagt, dass das Büfett eine Fuhre für zwei ausgewachsene Männer ist. Morgen früh ziehst du das durch, und wenn das Ding nicht Punkt neun Uhr bei mir im Laden steht, dann kannst du dir weitere Jobs von mir in die Haare schmieren.

Das war ein Ruf, der an mich erging, auf ein Stichwort dieser Art hatte ich sehnlich gehofft. Ich packte meine Jacke, Bierdeckel und Glas und rückte nach nebenan.

– Servus, sagte ich zu dem Älteren. Abregen, bitte schön! Ich bin ja noch rechtzeitig gekommen. Ist doch logisch, dass du das Büfett Punkt neun in deinem Laden hast.

Er starrte mich an, dann herrschte er den anderen an.

– Warum machst du denn das Maul nicht auf, du Depp, dass du einen Partner hast?

Er knallte das Geld für seine Zeche auf den Tisch und verschwand. Mit dem anderen saß ich an diesem Abend noch lange zusammen.

– Stan Bolzmann, oder? fragte Emma.

– Genau.

Stan hatte einen alten Ford Transit, mit dem er Fuhren aller Art erledigte. Einer seiner Hauptkunden war eben jener Choleriker, in dessen Auftrag er Altmöbel aus München und dem Umland in seinen Laden karrte. Seit diesem Job arbeiteten wir zusammen. Allerdings war die Arbeit knochenhart und schlecht bezahlt. So heckten wir einen Plan aus, den ich auch später beibehielt: Wir inserierten kostenlose Haushaltsauflösung. Interessante Stücke bunkerten wir, Schrott entsorgten wir. Nach einem halben Jahr verfügten wir über eine gut gefüllte Garage, die wir zur Lagerung unserer Antikstücke angemietet hatten. Als Partner machten wir in Schwabing einen Laden auf, parallel dazu verdingten wir uns weiter als Möbeltransporteure. Unser neues Geschäft florierte. Während sich ältere Leute damals nichts sehnlicher wünschten als so richtig moderne Möbel, fanden jüngere Geschmack an den alten Sachen. Studentenkneipen konnten gar nicht genug von dem alten Nippes haben, der so saugemütlich war. Manchmal fuhren wir den Krempel nur von einem Ort zum anderen, um ihn zu verkaufen, und hatten dann auch noch gut dabei verdient.

– Und dann?, fragte Emma entgeistert.

Ich wusste, was sie meinte. Nicht so sehr, warum wir nicht mehr zusammen arbeiteten, sondern warum der eine zum Hallenkönig wurde und der andere ein Krauterer blieb. Aber dazu sagte ich nichts.

– Wie es eben so geht: Streit. Plötzlich passte nichts mehr zusammen. Zum Schluss gab es sogar noch eine Prügelei. Mit ein paar Bekannten als Schutztruppe habe ich meinen Anteil an unserer Ware aus dem Geschäft geholt, meine persönlichen Habseligkeiten zusammengepackt und bin ins Schlachthofviertel verschwunden. Den Rest kennst du ja.

Emma sah auf die Uhr und stand auf.

– Ich kann heute leider nicht bleiben. Pippo erwartet mich morgen ganz früh im Büro.

Sie lächelte und küsste mich auf die Wange.

– Und unser Essen?

– Lass uns einfach telefonieren.

Sie winkte und verschwand. Ihr Weggang bildete den traurigen Schlusspunkt eines rundherum beschissenen Abends.

15

Ich schlief schlecht und wurde von schweren Träumen geplagt. Jede neue Stunde begrüßte ich mit Handschlag. Nicht dass ich Emma angelogen hatte, aber ich hatte ihr das Wesentliche verschwiegen. Der eigentliche Streit zwischen Stan und mir war nie ausgetragen worden, weil ich feige den Schwanz eingezogen und mich von der Bildfläche gemacht hatte. Deutlicher als in dieser Nacht, in der ich Detail für Detail noch einmal nacherlebte und erlitt, war mir nie geworden, dass ich in dieser Sache komplett versagt hatte.

Damals waren wir noch Partner gewesen, und unsere Geschäfte liefen so gut, dass wir uns zutrauten, eine neue Stufe zu erklimmen. Stan stürmte mit der Nachricht in unseren Laden, dass für ein ehemaliges Trambahndepot in der Dachauer Straße ein neuer Pächter gesucht werde. Ich verstand nicht, was das mit uns zu tun haben sollte. So viel Borniertheit brachte Stan auf die Palme. Ein Kleinkrämer wie ich könne nur die von anderen bereits ausgelatschten Trampelpfade entlanglaufen. Seine Vision sei ein Antikzentrum, wo von Omas Pelzmantel über das Kristallglas bis zum Nussbaumschrank alles feilgeboten werde.

– Aber so viel Ware können wir doch gar nicht beibringen, sagte ich.

Stan haute sich mit der flachen Hand an die Stirn.

– Wir nicht, aber andere!

Er schnappte sich ein Blatt Papier, skizzierte den Grundriss der Halle und schraffierte Verkaufsstände und Gänge hinein. Drumherum ließ er noch ein Café und einen Naturkostladen erstehen. Das Ganze hatte nun das Aussehen einer Messehalle.

– Wir sitzen oben im Büro und schauen zu, wie sich die anderen mit den Kunden abplagen. Wir konzipieren das Ding und vermieten weiter, klar?

Ich war beeindruckt. Stan hatte einfach Ideen und auch Mut. In tagelanger Arbeit perfektionierten wir anschließend das Projekt und brachten es effektvoll zu Papier. Dann kam der Tag, wo wir uns vor einer Kommission der Verkehrsbetriebe vorzustellen hatten. Ich schwitzte schon morgens Blut und Wasser. Aus unserem Kleiderbestand hatten wir uns zwei gut erhaltene Anzüge herausgesucht. Aber mit unserer gewohnten Montur legten wir auch alles andere ab, was uns interessant und selbstbewusst machte. Stan wirkte wie ein Stresemanndarsteller aus Obergiesing, ich wie ein aus seiner Kleidergröße herausgewachsener Firmling, der sich mit dem Schuhlöffel noch einmal in sein altes Sakko gezwängt hatte. Als wir den Raum betraten, in dem legere ältere Herren bei Kaffee und Gebäck in gepflegtem Oberbayerisch miteinander schnäbelten, waren wir bereits abgefrühstückt. Woran es letztlich fehlte, veranschaulichte einer von ihnen mit reibenden Bewegungen seiner Daumen- und Zeigefingerkuppe: am Geld.

Auf dem Gang draußen begegnete uns Innerkofler vom Hacklbräu, von den Segnungen seiner Großküche herausgemästet wie eine Kotelettsau, die ihre rosa Schwarte gegen die landesübliche Lodentracht eingetauscht hat. Kommod und authentisch eben, nicht so verkleidet wie wir. Innerkofler schenkte uns ein Lächeln, das nach dem bayerischen Fairnessgedanken *Der Dumme probiert's!* maßgeschneidert war. Innerkofler hatte, das wurde uns sofort klar, weder ein Konzept noch Ideen, er schaute halt mal bei den Herren vorbei, um zu sagen, dass er – wenn es recht wäre – die Halle schon übernehmen täte.

Stan bekam an Ort und Stelle einen Wutanfall.

– Ich mach euch alle fertig, schrie er.

Er riss sich die Krawatte vom Hals und schmiss sie in einen der dort aufgestellten Abfallkörbe.

Natürlich kam es, wie es kommen musste. Innerkofler, so hieß es, werde das Depot in Pacht nehmen. Ein detaillierter Nutzungsplan werde nachgereicht. Dazu kam es jedoch nie. Innerkofler wurde in einen Autounfall verwickelt. Er überquerte nachts die Straße, um in seinen auf der anderen Seite geparkten Wagen einzusteigen. Dabei wurde er von einem größeren Fahrzeug erfasst. Der Fahrer des Unfallautos flüchtete. Innerkoflers Verletzung war zwar nur kurzzeitig lebensbedrohlich, führte aber dazu, dass er geschäftlich längere Zeit aus dem Spiel war.

Stans Wut wandelte sich nach und nach in strahlende Zuversicht. Er baggerte die Verkehrsbetriebe noch einmal an. Diesmal war er gewappnet. Mit dem Haus seiner Erbtante verschaffte er sich eine Bankbürgschaft.

Jetzt wurde auch unser Konzept wieder interessant. In dieser Zeit fiel er mir dauernd mit seinem neuen Credo auf die Nerven.

– Auftreten ist die halbe Miete. Der Rest sind Beziehungen. Das habe ich jetzt gelernt.

Was Stan da hinter den Kulissen werkelte, war mir unheimlich geworden. Ich blickte nicht mehr durch, wer wofür bürgte oder Geld gab. Trotzdem wäre ich noch einmal bereit gewesen, mich in die Sache reinzuhängen. Ich wartete aber auf Klärung, Stan auf Impulse. Schließlich stellte er mich wegen meiner Schlappschwänzigkeit zur Rede. Füllhörner gebe es nicht, man müsse sein Glück zwingen.

– Nichts, was ich erreichen möchte, soll zu mir hergeprügelt werden müssen, antwortete ich.

Ich dachte über alles nach. Genau genommen war ich schon längst Juniorpartner geworden. Weder hatte ich Geld auftreiben können, noch konnte ich Beziehungen in die Waagschale werfen. Stan war mein Freund und Partner, und nur deshalb dackelte ich hinter ihm her.

Dann kam einer der schlimmsten Tage in meinem Leben. Ich fuhr mit unserem Bus über Land, um Möbel abzuholen. Draußen auf der Bundesstraße platzte der Vorderreifen. Als ich unter dem Auto lag, bemerkte ich, dass an einem nur mehr lose befestigten Bodenblech ein grauer Stofffetzen mit Knopf hing. Ich puhlte ihn heraus und besah ihn genau. Der Knopf war aus Hirschhorn und offenbar so fest angenäht, dass mit ihm ein Triangel aus dem zugehörigen Kleidungsstück herausgerissen worden war.

Natürlich dachte ich sofort an Innerkofler, den Unfall und die für uns glückliche Wendung, die das Depotprojekt dadurch genommen hatte. Ich hätte das Stoffstück nur zur Polizei bringen müssen, um die Sache endgültig zu klären. Aber einen Freund und Partner hängte man nicht hin. Stan zur Rede zu stellen, schaffte ich nicht. Ein Leugnen hätte ich ihm nicht abgenommen. Mit einem Geständnis hätte er meine Komplizenschaft eingefordert.

Wie von einem Giftpfeil getroffen, schleppte ich mich durch die nächsten Tage. Schließlich entschied ich mich, ihn gewähren zu lassen. Ich wollte nur insofern reinen Tisch machen, als ich mich aus unseren Projekten und von ihm verabschiedete. Vielleicht wäre es ohnehin so gekommen, denn Stan war der Chef und die treibende Kraft. Dennoch überraschte mich die Heftigkeit seiner Reaktion. Er schalt mich einen Verräter und die größte Enttäuschung seines Lebens. Mit meiner Trotteligkeit und Untüchtigkeit war ich zu seinem gutem Gewissen geworden; alles, was er tat, glaubte er auch für mich tun zu müssen. Als ich mich aus diesem Spiel zurückzog, schlug seine Fürsorge in Hass um. Dieses letzte Gespräch endete in einer Prügelei, die ich nur durchstehen konnte, weil ich das Recht auf meiner Seite wähnte.

Wie durch einen Fleischwolf wurde ich durch diese Erinnerungen hindurchgequält. Um sechs Uhr früh beendete ich das traurige Spektakel meiner Schlafversuche, kämpfte mich aus dem Bett und schleppte mich tranig in den Tag. Als Erstes ging ich an meinem Schreibtisch hinüber. Dort, in einer Schublade, hatte ich in einer Plastikbox immer noch dieses Corpus Delicti, Stofffetzen und Hirschhornknopf. Ich holte sie hervor, besah sie und versank wieder in dieses brütende Sinnieren, bei dem sich Erinnerungen in dumpfe Phantomschmerzen verwandeln. Schließlich schmiss ich das Ding in die Schublade zurück und setzte mir in der Küche einen Kaffee auf.

Ich süppelte das heiße Gebräu und hörte das Morgenradio. Man verhandelte Gesundheitstipps, genau richtig für einen verwundeten Menschen wie mich. Der Opa, sagte die Anruferin, leide unter Depressionen und nehme in großen Mengen Johanniskraut. Ich stellte das Radio lauter, daraus konnte jetzt unsereinem nun wirklich einmal eine sinnvolle Handreichung erwachsen. Jetzt wolle der Opa das Kraut auch noch rauchen, damit es besser und schneller wirke. Donnerwetter, das war mein Mann! Opa und ich könnten uns eine dicke Tüte voll Johanniskraut bauen und gemeinsam durchziehen. Welche Telefonnummer hatte Opa? Aber wie so oft hatte der pragmatische Radioarzt kein Gefühl für die Bedürfnisse seiner Klientel und vermasselte Opa und mir die Tour. Johanniskraut müsse öllöslich aufbereitet werden, sonst wirke es nicht. Und damit war eine faszinierende Idee zu Grabe getragen, deren psychologische Strahlkraft allein schon gesundheitliche Wunder hätte wirken können. Trotzdem kramte ich in meiner Medikamentenkiste und schluckte eine Handvoll ölgelöster Johanniskräuter. Alkohol durfte ich ja nicht mehr, wollte ich auch nicht mehr, denn schon nach dieser kurzen Zeit spürte ich, wie sich mein Verhältnis zu dem großen Dämon rapide verschlechtert hatte. Er begann mich zu vergessen, und seine Aufrufe, ihm zuzusprechen, wurden bereits schwächer.

Vielleicht auch deshalb fühlte ich mich einsam wie selten zuvor. Abgeknipst. Sogar der Alkohol hatte mich verlassen. Ich gab mir einen Ruck und schnappte mir das Fahrrad. Hinaus ins Freie, um stimmungsmäßig wieder auf die Beine zu kommen!

16

Ich fuhr Richtung Flaucher. Ob der Flaucher ein Biergarten mit Park oder ein Park mit Biergarten ist, kann sich jeder selbst aussuchen. Selbst aussuchen konnte man sich auch die jahreszeitliche Verortung des Wetters. Von der Wittelsbacher Brücke aus sah man, dass schon wieder ein föhngedopter

Frühlingstag heraufzog, der nach dem normalen Kalender bei uns noch gar nichts zu suchen hatte. Hinter den Bäumen, die das Hochufer säumen, spitzte die Sonne hervor. Sie setzte glitzernde Lichter auf der träge dahinziehenden Isar und hübschte den sonst graugrünen Fluss mit etwas frischem Blau auf. Durch die ungewohnte Helligkeit wirkte die Stadt auf einen Schlag schmutzig. Auf den Gehsteigen knirschte der ausgestreute Kies, die Kippen, Scherben, Pappbecher und Pizzaboxen waren von keinem barmherzigen Schneeweiß mehr zugedeckt und überall verteilt lag Hundescheiße, die neuerdings nicht mehr pur, sondern rot, schwarz oder braun eingebeutelt platt getreten wurde.

Föhn hin oder her, im Menschen kamen Glücksgefühle auf. Man hatte sich in monatelangem Widerstand gegen kriechende Nässe, zugige Kälte und rasiermesserscharfe Eiswinde aufgearbeitet, daher erweckte das freundliche Licht die Gewissheit, dass bald wieder wohlige Wärme und blühende Farben die Oberhand gewinnen. Mit ein bisschen Fantasie ließ sich darüber hinaus ausmalen, wie unsere südbayerische Sonne bald dermaßen auf die Isarauen herunterbrennen würde, dass Tiroler Nussöl mit Schutzfaktor dreißig nur noch im Fassausschank ausreichend unter die Leute gebracht werden konnte.

Einem Auswärtigen erklären zu wollen, was es mit unserem Föhn auf sich hat, ist normalerweise vollkommen sinnlos. Der Mensch außerhalb der Föhnzone kennt nur, landschaftlich angemessen, gutes und schlechtes Wetter. Der Münchner ist mit dem Fluch eines scheinbar guten Wetters wohlvertraut. Und das ist die Föhnlage. Feuchtheiße Luftmassen stauen sich an der Alpensüdseite, regnen sich ab, und so erleichtert wälzen sie sich über die Alpen. Was in München davon ankommt, ist ein warmer, trockener Fallwind. Der Föhn drückt von oben her auf die Schädelplatte, nachmittags vor allem, wenn er stockig wird. Je länger diese Wetterlage andauert, desto mürber wird der Mensch. Das Schädelbein mutet morsch an, als würde es vom gemeinen Holzbock perforiert, der mit seinen ständigen Tickgeräuschen als Taktgeber eines pulsierenden Kopfschmerzes amtiert. Solche Qualen hat der Münchner einem strahlend blauen Himmel samt lauem Lüftchen zu verdanken. Das barocke Lebensgefühl ist uns daher landsmannschaftlich in die Wiege gelegt. Man lernt durch solche schmerzlichen Erfahrungen, dass gerade das Schöne alle Anzeichen von Krankheit, Tod und Verderben schon in sich trägt.

Aber zum verwirrenden Spiel um dieses Wetter gehörte eben auch, dass man zunächst einmal darauf hereinfiel. Morgens vor allem, wenn die Kälte der Nacht erst langsam von dem warmen Wind durchfächelt wurde. Da war man einfach geneigt, an den Frühling zu glauben, und das merkte man den Fußgängern an, denen ich begegnete. Sie wirkten freier und nicht mehr so winterlich in sich verklammert. Auch der Autofahrer ging aus sich heraus: Ein betagtes, offenes Cabrio sägte mit dem Geräusch meines alten Remingtonrasierers vorbei. Als ich mein Fahrrad bei der Braunauer Eisenbahnbrücke abstellte, kam mir eine junge Mutter mit Doppelkinderwagen auf großen Rädern entgegen, die neuerdings die wuchtigen Ausmaße eines Stubenwagens haben. Sie war luftig gekleidet, übernächtigt bleich und ausgezehrt, wirkte dabei aber hormongesättigt glücklich. Was bei der aufopfernden Brutpflege herauskam, konnte man an den beiden Mädels feststellen, die vor der Schule noch eine gemeinsame Runde drehten. Die eine trug ihr Handy vor sich her und drückte mit flinken Daumen Tasten, sodass es aussah, als hätte ihr der liebe Gott persönlich eine Fernbedienung überreicht, mit der sich die ganze große Welt nach ihrem Belieben steuern ließ. Die andere erzählte ohne Punkt und Komma, so wuselig schnell und unverständlich, dass nur hängen blieb, dass sie ziemlich viel ziemlich porno fand. An der Schinderbrücke schließlich näherte sich ein junger Mann beschwingten Schritts. In der Hand hielt er eine dieser Edelstahlbomben mit einer Literfüllung Kaffee, der Ration eben, die ein Angestellter braucht, um die lückenlose Koffeinversorgung von der Wohnung zur Arbeit aufrechtzuerhalten.

Ja freilich, München könnte so schön sein! Der Spaziergang tat mir gut. Der Kopf wurde durchgelüftet und die Gespenster der Nacht vertrieben. Eine Zeit lang zumindest vergaß ich, was mich so gepeinigt hatte.

Wie fragil meine Laune jedoch war, stellte ich fest, wenn ich in den Schatten geriet. War das Licht verschwunden, wurde die Gemütsverfassung sofort beeinträchtigt. Sicher, München ist schön, aber nur für die ohnehin schon Glücklichen. Für Nöte aller Art ist diese Stadt kein geeignetes Pflaster. Problemträger sind hier unerwünscht, weil sie die gute Laune verpesten. Bedrängnisse und Zwangslagen sollte man daher besser auswärts lösen und anschließend wiederkommen.

Mein Handy klingelte.

– Gossec, du musst mir helfen!

Wolfertshofers Stimme hatte sich verändert. Er schnaufte schwer und hektisch. Die Panik war ihm eingeschrieben.

– Was ist los?

Er zögerte.

– Ich werde unter Druck gesetzt und bedroht. Brutal …

– Was denn? Ein Brief?

– Nein, übers Telefon. Ich habe Angst, dass mir die Tür eingetreten wird.

Genau das hatte ich nach Maiks Hinweisen befürchtet. Offenbar hatten sie ihn nun doch ausfindig gemacht.

– Habe ich dir ja gesagt, da kommt noch was nach. Das lassen sich die Braunen nicht gefallen. Durch diese Hitlernummer fühlen die sich total verarscht.

Er brummte.

– Hast du die Polizei schon verständigt?

– Kann ich doch nicht bringen.

– Wieso?

Er wurde ungehalten und begann herumzuschwadronieren. Dass er in Wunsiedel beim Heß-Gedenkmarsch als Prellbock ganz vorne gestanden sei, sich aber genauso auf alle Händel mit dem Staatsanwalt und der Polizei eingelassen habe, weil ihm irgendwelche Auflagen für die Gegendemonstrationen am Arsch vorbeigingen.

– Verstehst du? Einer wie ich kann nicht hingehen und die Staatsmacht um Hilfe anbetteln. Das kommt raus, das steht in der Zeitung. Diese Häme dann! So was muss man doch unter Freunden regeln können, oder?

Ich überlegte, wie ich ihm helfen konnte.

– Okay, ich komme vorbei.

– Danke.

Wolfertshofer nannte mir seine Adresse. Er wohnte in der Au, unweit des Schyrenbads. Dann rief ich Julius an, erzählte ihm kurz, was Sache war. Ich bat ihn, ein Schild mit seiner Nummer draußen in die Tür zu hängen, sodass sich Kunden bei ihm melden konnten. In dringenden Fällen konnte er reagieren. Mit meinem Laden kannte er sich inzwischen gut genug aus. Und von seinem Hinterhofbüro in der Zenettistraße brauchte er keine zwei Minuten dorthin.

Ich ging zu meinem Fahrrad und fuhr über die Isar in die Au. Zur angegebenen Adresse war es nicht weit, und so erreichte ich rasch Wolfertshofers Haus. Ein Klingelschild war nicht angebracht, aber er hatte erwähnt, dass er ganz oben im Dachgeschoss lebe. Wie in Altbauten üblich, hatte man den Lift außen angebracht und so fuhr ich in einer Glasröhre in den fünften Stock hinauf. Wolfertshofer hatte mich schon erwartet und stand in der Tür. Seine Wohnung war großzügig ausgebaut, um einen atriumartig hohen Raum in der Mitte herum waren die anderen Zimmer angeordnet. Von den breiten Fenstern aus hatte man einen schönen Ausblick auf das Freibad und die Isar. Wer das sein Eigen nennen konnte, hatte es zweifellos zu etwas gebracht. Wolfertshofer trug einen mit japanischen Schriftzeichen bedruckten Morgenmantel und sah aus wie ein Sumoringer. Allerdings steckten seine Füße in ausgelatschten Filzpantoffeln. Auch die dicht behaarten Beine und die käsige Haut passten nicht ins Bild.

– Erzähl, was los war!

Wolfertshofer zeigte eine hilflose Miene und blickte flehentlich himmelwärts.

– Drohbriefe könnte ich dir zeigen! Dass sie einen Trupp zusammenhaben, der mir den Schädel einhaut. Dass eine solche Zecke wie ich einfach zerquetscht gehört.

– Will ich gar nicht sehen, ich will nur wissen, was heute passiert ist.

Er zeigte mit dem Finger auf mich und verengte seine Augen zu Schlitzen, um unerbittliche Präzision zu signalisieren.

– Ein Anruf. Männlich. Man wird mir die Tür eintreten und mich in alle Einzelteile zerlegen. Und genau darum geht es: Ich kann jetzt nicht allein bleiben, das halte ich nicht aus.

– Und die Nummer? Hast du die Nummer notiert oder in deinem Telefonspeicher?

Verblüfft sah er mich an. Ich war sicher, dass er nicht daran gedacht hatte.

– Soll ich mal nachsehen?, fragte ich.

– Nein, bringt nichts. Unbekannt. Genau: Die Nummer war unterdrückt.

Ich fand seine Schilderung ziemlich vage. Irgendetwas stimmte da nicht.

– Bist du sicher, dass das alles ist? Denk mal nach!

Er nickte heftig.

– Mehr war nicht. Aber mir reicht's!

In jedem anderen Fall hätte ich nachgebohrt. Aber vollkommen fraglos hatte er Angst. Und zwar heftig. Da war nichts gespielt, und das gab den Ausschlag, ihm zu glauben. Denn auch sonst wirkte er derangiert und fahrig. Ständig drehte und zwirbelte er seinen Schopf, bis das Haar in Büscheln abstand, oder er schob die Frühstücksbrösel auf dem Küchentisch zu neuen Formationen zusammen. Einkaufsquittungen und Notizzettel, die neben dem Kühlschrank lagen, fing er an in Schnipsel zu reißen. Offenbar gelang es ihm nicht, seine Finger ruhig zu halten. Ihn so zu sehen, berührte mich seltsam. Die Tage zuvor hatte er eine bewundernswerte Kaltblütigkeit gezeigt, aber jetzt hatte ich ein Nervenbündel vor mir. Einen wirklich klaren Kopf behielt auch ich nicht, denn von Anfang an lastete das Gefühl auf mir, an seinem zerrütteten Zustand schuld zu sein. Ich hatte ihm diese Sache eingebrockt.

Er angstgesteuert, ich von Schuldgefühlen geplagt – wie der Blinde und der Lahme tasteten wir uns nun in einer fast behindert zu nennenden Kommunikation vorwärts. Dabei redete er ohne Punkt und Komma. Er erinnerte mich an ein Kind, das im Bett liegt und gegen das Lichtlöschen und Schlafenmüssen anerzählt. Er begann bei dem Dorf, in dem er aufgewachsen war, schilderte seine Eltern, seine missglückten Schulversuche, seine erste Bühnenerfahrung, wie er sich durchsetzte, wie er an seine Stoffe kam. Er umschrieb ein ganzes Lebenspanorama, zu dem ich nicht mehr beizutragen hatte, als zustimmend zu grunzen und zu nicken. Ehrlich gesagt, machte mich dieser Redefluss müde, aber wenigstens schuf er damit einen Rahmen, in dem es noch etwas anderes als unser Unwohlsein gab.

Später entschloss er sich dann doch noch, statt des Kimonos normale Alltagskleidung anzuziehen. Er verschwand in sein Zimmer, und ich setzte einen Kaffee auf. Außerdem versuchte ich, ein wenig Ordnung in die Bude zu bringen, um mich nützlich zu machen. Der versiffte Küchentisch mit dem Altgeschirr, den Bröseln und Schnipseln störte mich. Wie ein Maulwurf hatte Wolfertshofer seine Dreckhügel über die ganze Küche hinweg aufgeworfen. Beim Anblick dieses Verhaus schien einem die Welt noch chaotischer und komplizierter, als sie es ohnehin schon war. Beim weiteren Aufräumen stieß ich auf eine Autogrammkarte, die auf dem Boden lag. Ich dachte an Emmas Bitte und steckte die Karte ein. Als Wolfertshofer dann in Hosen und einem frischen Hemd zurückkam, sah die Küche schon wieder ganz adrett aus. Auch er wirkte nun gefestigter und schien sich fürs Erste gefangen zu haben. Meine Putzbemühungen quittierte er mit der Bemerkung, er könne nichts dafür, dass er ein Saubär sei.

Am Nachmittag sagte ich, ich müsse nun einmal nach meinem Geschäft sehen. Er wirkte erschrocken.

– Wäre es nicht doch besser, die Polizei zu verständigen?

Heftig schüttelte er den Kopf.

– Morgen und die nächsten Tage spiele ich wieder. Da bin ich dann sowieso drüben im Schlachthof und unter Leuten.

Ich schlug ihm daher vor, dass ich abends wiederkommen würde. Wir könnten noch zusammen essen. Dann sei er über diesen ersten schlimmen Tag gebracht. Dankbar nahm er an.

An der Tür sagte er mir noch, ich solle dann einfach unten dreimal kurz klingeln. Als Zeichen, auf das hin er mir aufmachen würde.

Ich fuhr in meinen Laden zurück.

17

Im Geschäft war nichts Wesentliches passiert; Julius hatte alles gut im Griff gehabt und sogar eine Vase verkauft. Auch auf dem Anrufbeantworter waren keine Nachrichten gespeichert. Ich schmirgelte noch ein wenig an einem Bauernschrank herum, den ich verkaufsfein machen wollte, und dann wurde es ohnehin Zeit für meine abendlichen Betreuungspflichten.

Vorsichtshalber steckte ich meinen Totschläger in die Jacke und fuhr mit dem Fahrrad zurück in die Au.

Ich klingelte, und es dauerte eine ganze Weile, bis er mir aufmachte. Vielleicht war er eingeschlafen. Ich fuhr mit dem Lift hoch, seine Wohnungstür stand offen.

– Komm rein, rief er, und mach die Tür zu.

Seine Stimme klang belegt. Ich schloss die Tür und ging Richtung Küche.

– Bin im Wohnzimmer.

Das Wohnzimmer war dunkel. Ich hatte ein verdammt komisches Gefühl, atmete schwer, als hätte man mir eine Klammer um die Brust gelegt. In dieser Wohnung lauerte etwas Ungutes. Ich zog meinen Totschläger hervor und bewegte mich unwillkürlich auf leisen Sohlen vorwärts.

– Der Lichtschalter ist links neben der Tür.

Ich tastete nach dem Schalter, und Licht flammte auf. Wolfertshofer saß stocksteif auf einem Stuhl. Er war mit Riemen festgebunden.

Drüben im Schlachthof war ich vor Jahren auf ein Kälbchen aufmerksam geworden, das sich wehklagend in die Ecke des Viehtransporters gedrückt hatte. Normalerweise wäre ich an dem Laster vorbeigegangen, aber die Schreie aus dem Hänger klangen so menschlich. Also stieg ich auf die Rampe, um mich zu vergewissern. Ein Metzger mit weißer Kappe und bis zum Boden reichender weißer Schürze versuchte das Tier an einem Strick aus der Ecke hervorzuziehen. Das Kälbchen stemmte sich so sehr dagegen, dass es dem Mann nur gelang, den Schädel des Tieres nach vorne zu zerren. Durch die Schlinge wurde es stranguliert, die weit geöffneten Augen traten hervor, und die Augäpfel waren nach oben verdreht.

Mehr sah ich nicht, denn der Metzger herrschte mich an, ich solle sofort verschwinden.

Diesen Blick einer gequälten Kreatur habe ich nie vergessen können, und an Wolfertshofer erkannte ich ihn sofort wieder. Gleich darauf klappte ich unter einem fürchterlichen Schlag auf den Hinterkopf zusammen. Der Hieb riss meinen Schädel nach vorne, ich krachte gegen einen der Holzbalken, die zur Stützung der Dachkonstruktion hätten stehen bleiben müssen, und schließlich wurde es stockdunkel um mich.

Untiere und Höllengestalten bevölkerten von da an mein Hirn. Aufgerissene Mäuler, klaffende Schlünde, messerscharfe Krallen. Darunter immer das Wehklagen des Kälbchens, das nun aber mit Wolfertshofers Stimme zu schreien schien. Zweimal glaubte ich, wieder in die Helligkeit des Wachbewusstseins vorstoßen zu können, doch jedes Mal traf mich ein schmerzhafter Blitz an der Schläfe, der mich in das Getümmel meiner Albträume zurückstieß.

Endlich öffnete ich die Augen. Schäfchenwiese mit Klatschmohn war der erste verfehlte Gedanke, der mir in den lädierten Kopf kam. Als ich ihn anhob, sah ich, dass ich auf einem weißen, mit Blutspritzern übersäten Berber lag. Zunächst kämpfte ich mich auf alle viere, erst dann gelang es mir, mich hochzurappeln. Glücklich ins Stehen gekommen, erfasste mich ein heftiger Schwindel. Benommen wie das Kälbchen nach der Elektroschockbetäubung schwankte ich, bekam aber einen Balken zu fassen. Mit beiden Händen klammerte ich mich an ihm fest und versuchte die Milchsuppe, in die der ganze Raum getaucht war, klar zu kriegen.

So hatte ich keine Chance. Ich stolperte nach draußen ins Bad, drehte den Hahn auf und hielt meinen Kopf unter den eiskalten Wasserstrahl. Da waren sie wieder, diese stechenden Schmerzen, die mir vorher im Traum begegnet waren. Ich betastete die Beulen, die sich in der Schläfengegend aufwölbten, und meinen Kiefer, der sich anfühlte, als hätte man ihn aus seinen Gelenken herausgebrochen. Minutenlang hing ich so über dem Waschbecken und sah zu, wie sich ein blutrot gefärbter Strudel in den Ausguss wand und dann langsam eine zarte Rosatönung annahm. Ich holte mir aus dem offenen Wandschrank ein frisches Handtuch, praktisch veranlagt, wie ich bin, ein schwarzes, und tupfte mich vorsichtig ab. Dann ging ich wieder hinüber ins Wohnzimmer.

Das ganze Unglück war schnell zu überblicken: Die vermeintliche Schäfchenwiese sah aus wie eine Metzgerschürze bei Feierabend, weiter hinten vor seinem Stuhl lag Wolfertshofer auf den Boden niedergestreckt. Der drastische Augenschein genügte, um zweifelsfrei festzustellen, dass er tot war. Sein Gesicht wies Schwellungen auf und war blutverschmiert. Auf mich wirkte das, als hätte man ihn erst gefoltert und anschließend umgebracht. Seine Gliedmaßen waren seltsam verrenkt. Erst nach einer Weile drängte sich mir eine fürchterliche Vermutung auf, gegen die ich mich zur Wehr setzte. Schließlich gewann sie doch die Oberhand: Wolfertshofer lag zu einem Hakenkreuz drapiert.

Der Brechreiz, der sich meiner bemächtigte, war so stark, dass ich nach nebenan rennen musste und gerade noch rechtzeitig die Schüssel erreichte. Als ich anschließend ein weiteres Mal meinen Kopf unters Wasser hielt, war ich schon fieberhaft mit der Frage beschäftigt, was um Himmels willen denn nun zu tun war. Ich ging noch einmal hinüber; bereits da prägte sich mir die Szene wie eine Fotografie ein, so klar und so endgültig festgehalten, dass ich sie auch später noch jederzeit aus meinem Gedächtnis holen könnte. Dabei bemerkte ich ein Detail, das mir vorher entgangen war. Neben Wolfertshofer lag mein blutverschmierter Totschläger. Hatte da jemand versucht, Spuren zu legen, die mich zum Täter stempeln sollten? Womöglich gab es noch weitere solcher gestellter Hinweise.

Dies zu überprüfen, war keine Gelegenheit mehr. Schmerz und Schock, dazu die Furcht, in die Enge getrieben worden zu sein, hatten meinen Überlebenswillen angestachelt und dabei ein Wahrnehmungsvermögen aufs Äußerste geschärft, das einen Gefahren wittern lässt. Mein Misstrauen rührte von etwas her, das sich unten auf der Straße abspielte. Vorsichtig lugte ich hinunter. Ein großer Wagen parkte dort geräuschlos ein. Zwei Männer stiegen aus, die zunächst einmal das Haus in Augenschein nahmen. Ihr Blick wanderte bis ins Dachgeschoss zu mir hoch. Dann überquerten sie die Straße, dabei hatten ihr Gang und ihre Bewegungen etwas Tastendes, etwas Investigatives, wie es mir sofort durch den Kopf schoss. Die beiden waren Polizisten, die man losgeschickt hatte, um die Situation in Wolfertshofers Wohnung zu überprüfen. Vielleicht wussten sie schon alles. Aber wer hatte sie alarmiert?

Ich hatte das beschissene Gefühl, dass jemand mit aller Macht versuchte, mich ins Unglück zu reiten. Man würde mich am Tatort finden, blutverschmiert, nach einem gewalttätigen Streit. Normalerweise hatte da ein Ermittler keine weiteren Fragen. So wie ich da stand, war ich auf frischer Tat ertappt.

Ich hatte nicht einmal eine gute Geschichte, nur eine verdammt wirre, in der Hitler, Neonazis und auch sonst viel Kabarett vorkamen. Ich nahm den Totschläger an mich, wickelte ihn in das Handtuch, sah mich kurz um, ob noch etwas von mir in der Wohnung lag, und schlüpfte schließlich in meine Jacke. Als ich die Wohnungstür leise öffnete, bemerkte ich neben der Gegensprechanlage einen Schlüsselbund. Ihn an mich zu nehmen und einzustecken, war ein spontaner Reflex, aus dem erst hinterher ein Plan wurde.

Ich lauschte angestrengt, ob sich im Treppenhaus etwas tat. Nichts war zu hören. Um in die Wohnung zu gelangen, stand den Beamten der Lift oder die Treppen zur Verfügung. Natürlich konnten sie sich auch aufteilen, aber ich hoffte, dass sie dazu keinen Anlass sahen. Ich holte den Lift hoch und platzierte mich vor der offenen Tür, um das Weitere abzuwarten. Jetzt drangen von unten Geräusche herauf, die beiden Schwingtüren nach dem ersten kurzen Aufgang, die das Treppenhaus gegen Zugluft schützten, pendelten hin und her. Schnell wurde klar, dass die beiden die Treppe hochsteigen würden. Bedächtig und ruhig erklommen sie die Stiegen. Ich hoffte, dass sich der Aufzug leise genug schließen würde. Die Glasröhre verlief außen und die Hausmauern waren dick genug, um alle weiteren Geräusche abzudämmen. Als ich unten ausstieg, hörte ich, dass die beiden immer noch in gleichmäßigem Tritt nach oben stiegen.

Schließlich wurde es still. Sie hatten sich offenbar oben vor der Tür aufgebaut, vielleicht auch geklingelt. Schwach drang das Klappern von Schlüsseln herunter. Sie nestelten eine Weile lang an der Tür.

– Hallo, ist jemand da?, rief einer.

Dann betraten sie die Wohnung. Das war der Moment für

mich. Ich drückte die langsam die Schwingtür auf und verschwand durch die Haustür. Unten stand mein Rad. Ich schob es zunächst und hielt mich auf meinem Fluchtweg immer dicht an der Mauer, sodass ich von oben nicht wahrgenommen werden konnte. Erst an der Ecke schwang ich mich auf den Sattel und fuhr davon.

Die Stadt war dunkel und leer. Von der Kirche her schlug die Turmuhr halb zwei.

18

Die kalte Luft schmerzte, tat aber nach einer Weile gut. Sie kühlte meine Wunden und verschaffte mir klarere Gedanken. Im Auge des Sturms kehrte Ruhe ein, ich übersah meine Situation mit der nötigen Kaltblütigkeit und musste mir eingestehen, dass ich nun auf der Flucht war. Ich wusste nicht, ob meine Spuren am Tatort zu identifizieren waren, aber sicher war, dass die polizeiliche Recherche und Rekonstruktion des gestrigen Tages auf mich hindeuten würden. Es war nur eine Frage der Zeit, wann bei mir angeklopft werden würde. Entweder ich tauchte vollständig ab oder ich hatte bis dahin eine bessere Geschichte. Den Ausschlag gab das Bewusstsein tiefer Schuld, die alles andere überlagerte und auch meine ganz persönliche Klemme nebensächlich machte. Es bestand kein Zweifel, dass ich Wolfertshofers Tod zu verantworten hatte. Und das war das Schlimmste. Ich hatte die Pflicht, die Täter zu stellen, und dazu musste ich handlungsfähig bleiben.

Zu Hause angekommen, verfuhr ich ganz systematisch. Ich wusste, dass ich noch Zeit genug für alle Vorbereitungen hatte. Ich zog aus, was ich am Leib trug, heizte meinen großen Ofen hoch, dessen Glutkern alles verzehrte, was man hineinstopfte, und verbrannte das ganze Bündel, inklusive meiner Schuhe. Den Totschläger reinigte ich sorgfältig. Dann duschte ich und zog frische Kleidung an. Meine Wunden verarztete ich, so gut es ging.

Unter der Brause war der Reflex, der mich die Schlüssel hatte einstecken lassen, zum Plan gediehen. Ich holte daher meinen Rucksack heraus, packte etwas Wäsche zusammen und steckte einen Teil des Geldes ein, das ich in meiner schwarzen Kasse unter den Küchenbohlen verwahrte. Einen zweiten Ladenschlüssel steckte ich in einen Briefumschlag, gab für Julius nur die kurze Notiz bei, dass ich in größten Nöten sei und er meinen Laden mitversorgen möge. Für umschweifige Erklärungen hatte ich keine Zeit, der kurze Hinweis war außerdem in seiner Drastik wirkungsvoller.

Ich stocherte in der Asche des ausglühenden Ofens, alles war verbrannt. Ein letzter kontrollierender Blick. Die Autogrammkarte, die ich beim Aufräumen an mich genommen hatte, lag auf dem Tisch. Wehmut erfasste mich, als ich Wolfertshofers verzinktes Grinsen so lebendig abgebildet sah. Schon wollte ich die Karte in den Ofen werfen, da stellte ich fest, dass auf der Rückseite Zahlen vermerkt waren. Offenbar hatte er mit seinen Kartenbrüdern darauf die Spielrunden protokolliert. Ich brachte es nicht über mich, dieses Andenken zu verbrennen und pinnte die Karte zu anderen Fotografien an meine Bildwand.

Was ich tun konnte, war getan. Ich fuhr bei Julius vorbei

und warf das Kuvert in seinen Briefkasten. Dann machte ich mich zum Giesinger Berg auf. Wolfertshofer hatte mir erzählt, dass er sich dort oben verschwiegen und anonym eine alte Garage zum Atelier umgebaut hatte, um ungestört arbeiten zu können. Er hatte mir die Adresse ungewollt verraten, denn es gebe, so hatte er erzählt, gleich am Eck den Laden eines inzwischen betagten Bäckermeisters, der noch Amerikaner, Granatsplitter und sogar Eiweckerl selbst herstelle. Ich kannte den alten Zindl, der in seinem Laden nur das althergebrachte Backwerk anbot.

Ich hoffte, dass ich mit meiner Vermutung recht hatte und einer der Schlüssel, die ich in der Tasche hatte, für die Garage passen würde.

19

Giesing trug immer schon das schmückende Beiwort Arbeiterviertel. Arbeiter sind jedoch inzwischen im Münchner Stadtbild ebenso selten geworden wie rote Fahnen. Heute hat man es mehr mit Arbeitslosen und ihren Unterkünften zu tun, der verbleibende Rest sind Angestellte. Deswegen ist aus dem ungeliebten Giesing in seiner Schmucklosigkeit wieder das geworden, was es im Mittelalter schon gewesen war: günstige Behausung für alle, die sich das Wohnen in München eigentlich nicht leisten können. Über die Stadtgrenzen hinaus bekannt geworden sind allenfalls die Strafanstalt Stadelheim und das Grab Rudolph Moshammers, weswegen Giesing in

Reiseführern noch nicht einmal unter der Rubrik Ausflüge genannt wird. Aber genau deshalb stellt es eine der letzten Bastionen alteingesessener Einheimischer dar, die nicht einen x-beliebigen Frieden suchen, sondern *ihre Ruhe.*

Warum die leichte Steigung nach Giesing hinauf die martialische Bezeichnung Berg trägt, konnte ich noch nicht einmal mit dem Fahrrad nachvollziehen. Aber vielleicht hat der aus dem Isartor kommende, munter Richtung Alpen ausschreitende mittelalterliche Mensch die erste Steigung gleich als das genommen, was ihn später erwarten würde: Berge, Berge und nochmals Berge.

Kurz danach war ich am Ziel, an der Bäckerei Zindl zunächst. Von der Heilig-Kreuz-Kirche her schlug es fünf Uhr. Ich umrundete einmal den Block und hielt Ausschau nach Wolfertshofers Zuflucht. Danach war ich ganz sicher, dass nur die eine Hinterhofgarage für das Atelier in Frage kam. Die in den fünfziger Jahren gebaute Schachtel hatte damals nicht nur einem Opel Kapitän des Hausherrn genügend Platz geboten, sondern auch noch seinem Pritschenwagen. Später war sie offenbar zur Werkstatt geworden – darauf wies ein verwittertes Schild hin –, bis sie mit einem gläsernen Dachaufbau zum Atelier umgestaltet worden war. An den Außenwänden rankten sich aus Holzkästen Kletterpflanzen, die schon ein erstes zartes Grün ausgetrieben hatten. Die Garage verfügte über eine eigene schmale Zufahrt, an deren Seite Büsche und Nadelbäume wuchsen, und war damit so sichtgeschützt, dass ein Fremder nicht weiter auffallen musste. Der Charme dieser Lokalität leuchtete sofort ein: Hier konnte man ein ungestörtes Inseldasein genießen.

Schon im zweiten Versuch ließ sich das Vorhängeschloss

öffnen, auch der Türschlüssel war bald gefunden. Dem ersten Überblick nach machte das Atelier einen gemütlichen Eindruck. An den Wänden standen Regale, in die Bücher und Manuskripte gestopft waren. Auch an ein Podest war gedacht, auf dem Wolfertshofer das nötige Bühnengefühl herstellen konnte. Es gab fließendes Wasser, dazu zwei Kochplatten, und im fensterlosen Nebenraum befanden sich eine abgeteilte Toilette sowie ein Klappbett. Ein solches Lager vor allem war mir gerade recht. Eine ganze Zeit lang hatte ich zwar schon auf einem Teppich liegend verbracht, dieser Schlaf war jedoch alles andere als erquickend gewesen. Das Weitere ergab sich zwanglos: Das Bett sehen und einschlafen waren eins.

20

Eigentlich wollte ich überhaupt nicht mehr aufwachen. Als ich gezwungenermaßen dann doch die Augen aufschlug, war es bereits Spätnachmittag. Das wurde mir aber erst später klar. Zunächst verfluchte ich die Motorsäge da draußen und vergrub mich ins Kissen. Dabei realisierte ich, dass ich nicht im gewohnten Bett lag. Ich fuhr hoch und versuchte, in der dunklen Koje Orientierung zu gewinnen. Dank des ausgiebigen Schlafs hatte ich eine dünne Schicht des Vergessens auf die schrecklichen Ereignisse des gestrigen Tags häufeln können. Das aggressive Wimmern der Säge kickte mich wieder in die Realität zurück. Der erste Gedanke war ähnlich instrumentiert, er traf mich wie ein Hammerschlag: Wolfertshofer ist tot! Noch im

Aufstehen begann ich mit mir über das Ausmaß meines Verschuldens herumzurechten. Bescheißen konnte ich mich dabei, so viel ich wollte, aber das Schlusswort hatte mein Gewissen, und das dachte nicht daran, sich gefügiger zu geben.

Der Schlaf hatte mir dennoch gut getan. Der lädierten Visage war das nicht anzusehen, aber von innen her fühlte es sich deutlich besser an. Was ich im Spiegel sah, war nach der herrschenden Lehre der Bulldoggenzüchter der freundlich-grimmige Appeal eines reinrassigen Rüden, farblich fiel ich allerdings mehr ins Zwetschgenfach. Spätestens morgen würde mein vitaler Bartwuchs einiges zur Kaschierung beitragen.

Fluchtbereit zu sein, hielt ich für klug. Ich verräumte das Bett wieder, alles andere würde in dem schöpferischen Chaos des Ateliers nicht weiter auffallen. Vorsichtshalber schnürte ich noch mein Ränzel und packte es draußen aufs Fahrrad. In den Häusern rundum gab es glücklicherweise keine neugierigen Nachbarn, die ihren Kopf ganztägig aus dem Fenster streckten.

Mein Magen knurrte, und ich machte mich auf, Essbares in meine Höhle zu schaffen. Gerade als ich von meiner Zufahrtsallee auf den Gehsteig abbiegen wollte, kam mir der Beamte im Außendienst entgegen, bei dem ständige Freundlichkeit Teil der Arbeitsplatzbeschreibung ist: der Giesinger KOB. Durch seinen grußgedrillten Blick, mit dem er schon auf der Kurzdistanz von fünfzig Metern drei durch Nicken oder Handheben zu adressierende Bürger ausmachte, verriet er, wie zu Hause er hier in seinem Bezirk war. Seine Wampe schob er als ruhige Kugel vor sich her; zum Ausgleich setzte er eine lebhafte Schulterarbeit ein und schlenkerte seine Ärmchen wie Propeller um den Leib, um zusätzliche Schubkraft für die Vorwärtsbewegung zu erzielen. Ich wusste sofort: Dieser Mann ist gefährlich!, und schlug mich in die Büsche.

Ich hatte den richtigen Riecher gehabt, denn irgendetwas schien ihm nicht zu gefallen. Unschlüssig stand er da und schaute zum Atelier hin. Schließlich ging er den Weg nach hinten. Er klopfte an die Tür und rief:

– Ist jemand da?

Dann umrundete er die Garage und lugte ins Innere. Schließlich öffnete er sein Ledertäschchen, das er an einem langen Riemen über der rechten Schulter trug, entnahm einen Block, vermutlich um ein amtliches Protokoll zu skizzieren. Das Objekt wurde einer Überprüfung unterzogen, es konnte niemand angetroffen werden, Datum, Uhrzeit, gezeichnet, im Auftrag PM Britzl.

Mein Versteck im Gebüsch war unbequem. Ich kam nicht nach der anderen Seite durch, über die Zufahrt abzuhauen, war nicht angeraten, PM Britzl – oder wie er sonst heißen mochte – hätte mich auf jeden Fall bemerkt. Das aber drohte mir auch so, als er zurückkam und unausgesetzt in meine Richtung schaute. Ich hatte mich schon aufgegeben, als ich die Motorsäge bemerkte, die an eine Tanne gelehnt stand. Ich griff sie mir, beugte mich über sie und begann, ohne aufzublicken, daran herumschrauben. Mein lädiertes Gesicht würde keiner polizeilichen Überprüfung standhalten.

Jetzt nahm er mich wahr.

– Sie sind nicht vom Haus, oder?

Ich zog ostentativ an der Kette, wie um den Motor der Säge zu anzuwerfen. Handwerker bei der Arbeit sind genauso sakrosankt wie Polizisten bei ihrer.

– Nein.

– Gesehen haben Sie auch niemand da herinnen?

– Nein.

Ich zerrte wieder an der Kette. Hinter mir herrschte unschlüssiges Schweigen. Endlich hörte ich, wie er abdrehte und wegging.

Aller Voraussicht nach sollte nun Ruhe sein und das Atelier zumindest vorläufig ein sicherer Ort.

Ich gab mir noch ein paar Minuten und machte mich dann zur Bäckerei Zindl auf. Die Bedienung grüßte mich freundlich, allerdings nur deshalb, weil sie noch mit dem Wischen der Theke beschäftigt war. Als sie aufblickte und meine zerdengelte Fresse bemerkte, fuhr ihr der Schreck in alle Glieder. Wie viel musste ich erst ausgeteilt haben, wenn ich derart einstecken konnte. Wenn sich einer solchen brutalen Prügeleien unterzog, war ihm alles zuzutrauen. Sicher hätte sie mir auf Anfrage hin die Kasse ausgehändigt. Sie war hektisch und nervös, versuchte dabei aber einen forciert freundlichen Eindruck abzugeben. Ich versorgte mich mit frischen Semmeln und Streichkäse. Beides war weich und schmal genug, um es durch den Spardosenschlitz zu schieben, zu dem ich meinen Mund öffnen konnte. Ich sah ihr an, wie glücklich ich sie durch meinen Abschiedsgruß machte.

Ein ganzes Stück weiter, an der Silberhornstraße, boten Verkäufer schon die Zeitungen von morgen an. So bepackt ging ich in meine Garage zurück.

Ich brühte mir einen Tee, schmierte mir die Semmeln und studierte die Zeitungen. Natürlich war Wolfertshofers Tod der Aufmacher. Da wurden viele alte Fotos von ihm abgedruckt, dazu Stimmen von Kollegen und Weggefährten. Über die Tat selbst, mögliche Motive und Hintergründe stand nichts zu lesen. Kein Fahndungsaufruf, keine Täterbeschreibung – ich konnte mich in der Öffentlichkeit noch blicken lassen. Auch von den Nationalen Kameraden war keine Rede. Aber das musste nichts heißen. Warum sollte die Polizei vorschnell ihr Wissen preisgeben?

Jetzt, wo die dringlichsten Nöte abgetan waren, griff dieses trostlose Gefühl von Verlassenheit mit seinen kalten Fingern nach mir. Ich sinnierte vor mich hin, dann tat ich es doch und rief Julius an.

– Bist du dabei gewesen?

Julius schnaufte schwer vor Hektik und innerem Druck. Ich schloss eine Weile lang die Augen, um mich selbst noch einmal zu sammeln. Dann erzählte ich ihm so kurz wie möglich die Geschichte. Mich ihm anzuvertrauen, tat mir gut.

– Und du glaubst, dass die NK ihn auf dem Gewissen haben?

– Wer sonst? Dieser Mord kam doch mit Ansage.

Jetzt dachte Julius nach.

– Hör mal, Gossec! Du hast getan, was du konntest. Diese Tat war nicht zu verhindern.

– Darum geht es nicht. Die Geschichte hat drei Tage früher begonnen.

Julius schwieg. Kein Trost, kein Widerspruch. Schlimmer konnte es nicht kommen: Er gab mir also recht. Unendlich viel Zeit verstrich, bis ich endlich, um irgendein sachliches Problem aufzuwerfen, fragte, ob er etwas bemerkt habe.

– Was denn?

– Ob sie mich suchen?

– Hm?

– Dass jemand im Laden nachgefragt hätte?

– Null!

Je einsilbiger unser Gespräch wurde, desto mehr lud es sich mit Intensität auf. Da kroch etwas durch die Leitung und machte mich ganz beklommen. Ich bildete mir ein, dass Julius mit den Tränen kämpfte.

– Diese gottverdammte Sauferei auch immer, quetschte er schließlich in den Hörer.

Solchen Scheißdreck in einer so aufgewühlten Situation sagen nur Männer. Sie bekommen die Zähne nicht auseinander und ballern stattdessen hohlen Nonsens wie Leuchtraketen in die Luft. Ein Wort nach dem anderen verglüht rückstandslos.

Ich versprach Julius, auf mich aufzupassen, ließ mir noch viel Glück wünschen, legte auf und stierte anschließend vor mich hin. Aus der Bäckertüte blitzte noch ein Eiweckerl wie ein wohlgeformter, gut gebräunter Frauenarsch hervor. Feuchten Auges schmierte ich auch diese letzte Semmel und rief gleich danach Emma an.

– Wo steckst du denn?, fragte sie. Ich telefoniere mir die Finger wund.

Reflexhaft entschied ich mich dafür, sie aus meinem Nöten herauszuhalten.

– Bin noch mit einer größeren Fuhre unterwegs und leider bei Landsberg hängen geblieben. Wegen einer Zylinderkopfdichtung.

Das war mit Abstand der größte Fehler, den ich seit Langem gemacht hatte. Denn damit hatte ich mir jede Möglichkeit verbaut, mich ihr anzuvertrauen.

Emma war zeitungsmäßig voll im Bilde. Am meisten war Wolfertshofer zu bedauern, obwohl der ja nichts mehr davon hatte. Schrecklich! Da lernte sie diesen witzigen, vor Einfällen sprühenden Menschen kennen, und zwei Tage später war er tot. Sie kam immer mehr in Fahrt und redete vor sich hin. Während ich aus meinem selbst verordneten Schweigen nicht herauskam, aber wie der alte König Amfortas mit schwärender Wunde dasaß, schwadronierte sie über die Fährnisse des Lebens. Selber schuld! Statt meinen Fehler zu korrigieren, biss ich, wie es alte Könige so an sich haben, auf die Zähne. Und dann verabschiedeten wir uns.

Hätte ich mir nun freien Lauf gelassen, wäre ich in den nächsten Giesinger Krug abgetaucht. Aber manchmal konnte ich auch dann noch auf die Zähne beißen, wenn der Vorhang schon gefallen war.

21

Unruhig durchwanderte ich das Atelier. In so verzehrenden Situationen, wo man meint, die Zukunft, die sich einem verzweifelten Menschen als unübersehbares Feld darbietet, dadurch bestellen zu müssen, indem man eine Sorgenfurche nach der andere zieht, hilft mir die Vorstellung, dass alles schon längst verloren ist. Diese Schnapsidee eines hitzigen Abends hatte eine Kettenreaktion in Gang gesetzt. Noch nicht einmal Julius zweifelte an meiner Schuld. Wüsste Emma davon, könnte sie sich dieser Einschätzung nur anschließen. Zu Hause durfte ich mich nicht mehr blicken lassen. Meine Beziehungen, der Laden und das bisschen bürgerliche Reputation, das einem Kleinkaufmann zukommt, alles würde den Bach runtergehen. Wenn man das gedanklich vorweggenommen hat, dann kann man alles, für eine Weile zumindest, loslassen.

Gerne hätte ich nun alle Sorgen weggeschlafen, aber ich war noch nicht müde genug. Also widmete ich mich Wolfertshofers Büchern und Manuskripten. Seine Programme hatte er in Aktenordnern abgelegt. Dem endgültigen Text gingen ausführliche Recherchen voran. Zeitungsausschnitte, Bilder und kopierte Auszüge aus Büchern. In andere Fächer waren Krimis, Magazine und Videokassetten gestopft. Eine Ordnung war nicht erkennbar. Umso mehr fiel mir eine ganze Abteilung ins Auge, die aus säuberlich nebeneinander aufgereihten Bildbänden bestand, durch die Bank prachtvolle Stücke. Einige waren großen Städten wie München, Dresden, Rom, Athen gewidmet, andere der Aktfotografie oder Filmschaffenden.

Ich entschied mich für den Prag-Band, der eindrucksvollen Fotos wegen, und setzte mich mit dem Buch in den Sessel. Als ich ihn aufklappte, entdeckte ich eine handgeschriebene Widmung: *Machen Sie was draus, bevor es die anderen in die Finger bekommen!* stand da und war unterschrieben mit: *In Freundschaft Ihr Fritz Eyerkauff.* Gespannt blätterte ich weiter. In der Mitte stieß ich auf eine sorgfältig eingeklebte Klarsichthülle, die ein Etikett mit der Beschriftung *Operation Bruderschaft* trug. Umso erstaunter war ich, als ich die dünnen blauen Seiten herausholte. Die Ausfertigung war ein Relikt aus früheren Zeiten, denn es handelte sich um Durchschläge, die noch mit Kohlepapier hergestellt waren. Ich überflog den Text. Auf drei Seiten hatte der Verfasser hier in einer behördentypisch unbeholfenen Sprache die Kernidee von Wolfertshofers Programm skizziert, das ich ja selbst im Schlachthof miterlebt hatte. Jegliche künstlerische Durcharbeitung fehlte, der Text war im Stil eines dürren Dossiers abgefasst und trug die Überschrift *Die Macht der Böhmerwaldloge.* Am Ende des Papiers war noch ein tabellarischer Personenschlüssel der Loge angefügt worden. Einige der Namen kannte ich. Sie gehörten Personen, die ein prominentes Amt bekleideten oder im Parlament von sich reden gemacht hatten.

Ich versuchte mir einen Reim auf diese seltsame Geschichte zu machen. Die umständliche Ausdrucksweise ließ in mir die Vorstellung eines biederen Beamten erstehen, Inspektor des Eichamts zum Beispiel, der verdrossen in seiner Behörde hockte, weil ihm die tagtägliche Arbeit nicht genügend Herausforderungen bot. Frivolerweise hatte er sich dem Kabarett zugewendet. Illuminiert war seine künstlerische Arbeit nicht gerade, dazu wirkte die Ausführung viel zu hölzern, aber man musste ihm ein Kompliment für seinen Plot zollen, den er gut erfunden hatte.

Wolfertshofer hatte sich also nicht gescheut, einen Ghostwriter für sein Programm einzusetzen, und er hatte offenbar kein Problem damit gehabt, die geborgten Einfälle auch zu verwenden. Ich nahm mir vor, nächster Tage die anderen Bildbände daraufhin genauer in Augenschein zu nehmen.

Weit nach Mitternacht wurde ich endlich schläfrig und legte mich hin. Morgen Abend würde die Schonzeit, die ich mir wegen meiner Blessuren auferlegt hatte, vorbei sein. Und nichts heilt so gut wie ein tiefer Schlaf.

22

– Heute schaut das schon viel besser aus!

Die Bedienung in der Bäckerei wirkte nun ausgesprochen munter und leutselig. Man musste nur zweimal freundlich grüßen und die Kasse nicht mitnehmen, schon hatte man die Leute gewonnen.

Aber sie hatte recht. Ein rassiger Stoppelbart bedeckte den Großteil meines Gesichts. Der Rest war optisch von der Prügelei zum Fahrradunfall herunterskaliert. Auch beim Kauen hatte ich deutlich weniger Probleme. Ausführlich hörte ich den Nachrichtensender ab, der den Wolfertshofer-Fall nachbereitete. Die Polizei war auf einer vollkommen falschen Spur. Statt einer Hinrichtung, so wie ich sie gesehen hatte, sprach man von einer tätlichen Auseinandersetzung mit Todesfolge. Statt die Nazis zu benennen, war von unbekannten Tätern die Rede. Statt politischer Hintergründe führte man finanzielle Schwierigkeiten des Kabarettisten ins Feld. Offenbar war ich bei der Aufklärung vollkommen auf mich allein gestellt.

Am späten Nachmittag machte ich einen ausgedehnten Spaziergang, um mich körperlich zu aktivieren und geistig auf das Kommende einzustellen. Gegen Abend dann schwang ich mich aufs Rad und fuhr geradewegs zum Gotzinger Platz, um die *Burg Berneck* aufzusuchen. Meinen Totschläger hatte ich unter der Jacke stecken; sicher fühlte ich mich dennoch nicht, im Gegenteil, ich hatte Angst, und mir war zumute wie bei einem Himmelfahrtskommando.

Einige Hälse reckten sich neugierig, als ich hereinkam. Muffiger, kalter Altkneipendunst schlug mir entgegen. Wäre ich mit dem empfindlichen Riechorgan eines Hundes ausgestattet, hätte ich vor diesem Gemisch aus abgestandenem Schwein, Schweiß und Schwiemel schon am Eingang kapituliert. Innen grüßten die achtziger Jahre, man hatte sich die letzten fünfundzwanzig Jahre mit unveränderter Innenausstattung durchschlagen können.

Der Gastraum war noch wenig belebt. Am Stammtisch saßen ein paar Jungnazis, einige spielten Karten. Die Tristesse der Gammelpatina wurde durch das uniformierte Schwarz-Weiß der Anwesenden verstärkt. Rot konnten in dem dargebotenen Farbensemble nur die Köpfe werden, und das auch erst später, wenn das Bier reichlicher geflossen war. Einer aus der mittleren Befehlshierarchie war anwesend, kenntlich an dem weißen Hemd mit aufgesetzten Brusttaschen und den geistigen Epauletten, die er mit seinen kraftvoll gemeinten Gesten beanspruchte.

Den Ecktisch hielten zwei Alte besetzt, die man wohl aus dem vorkameradschaftlichen Bestand der *Burg Berneck* hatte übernehmen können. Offenbar hießen sie die Wiederkehr der guten alten Zeit willkommen. Der erste hatte seine oberförstergrüne Kappe aufbehalten, die sahnehäubchenmäßig mit einem Hirschhornknopfpärchen über dem Schild verziert war. Er sah aus wie einer, der Ordnungswidrigkeiten gerne mal mit der Flinte ahndete. Sein Gegenüber trug graue Knickerbocker mit grünen Wollsocken, eine Hausmeistertype, die von einer Aufseherkarriere mit erweiterten Kompetenzen träumte.

Ich hatte überhaupt nicht daran gedacht, meine Kleidung anzupassen. Mit Jeans und dem lila T-Shirt unter der Lederjacke war ich von Anfang an ein Fremdkörper. Als ich mir eine Apfelschorle bestellte, linsten wieder einige zu mir herüber. Dass ich so unter Beobachtung stand, kam mir ungelegen.

Also orderte ich ein Salamibrot mit Gürkchen, um mich hinter etwas Unverfänglichem verstecken zu können. Auf einen schnellen Erfolg war ich nicht eingestellt. Es hätte mir vorerst genügt, einen Schwachpunkt ausfindig zu machen, einen Mitläufer unter den Kameraden zu erkennen, den man sich später einmal greifen konnte und der in der Konfrontation außerhalb der Gruppe einknicken würde.

Immer mehr Junge kamen in die Kneipe. Sie begrüßten sich mit erhobener Hand.

– Sieg Heil!

Den wachsenden Haufen beobachtete ich aus der Ferne. Ich saß neben dem Windfang, den Ausgang in Reichweite zu haben, machte mich deutlich ruhiger. Vorsichtshalber hatte ich auch schon für meine Zeche einen Schein unter den Bierfilz geklemmt. Ich konnte jederzeit aufstehen und gehen. Von dem, was am Stammtisch verhandelt wurde, bekam ich nichts mit. Sie steckten die Köpfe zusammen und unterhielten sich nur mit gedämpfter Stimme. Der Ton war subversiv, und der Grund lag klar zutage: Man hielt mich für einen Spitzel.

Eigentlich war das Projekt da schon verbrannt. Ich hätte den aussichtslosen Versuch abbrechen sollen. Dass ich dann doch noch in eine Eskalation hineinrutschte, dafür gab es keinen anderen Grund als den, dass ich sie gesucht hatte, um mir wenigstens die erfolgreiche Bewältigung meiner Angst beweisen zu können. Gegenüber am Stammtisch wurden sie munterer. Irgendwann stand einer auf und schob eine CD in die Musikanlage. Und los ging es mit deutschnationalem Rock, diesem heiseren Bellgesang, aus dem unsereiner nur Schlüsselparolen wie *Odin* oder *Kanake* heraushören konnte. Bei manchen Liedzeilen erhoben sich einige am Tisch, grölten mit und hielten das Bierglas hoch. Nationale Bierzeltatmosphäre kam auf. Als die Musik zu Ende war, skandierten sie: Deutschland! Deutschland! Ein hochgewachsener Kerl griff sich eine Bierflasche und näherte sich meinem Tisch.

– Deutschland!

Er hob die Flasche wie einen Kelch gen Himmel, nahm einen tiefen Schluck und setzte sie krachend ab. Beidarmig abgestützt baute er sich vor mir auf.

– Trink! Aufs Vaterland.

Er schob die Flasche über den Tisch. Die Kameraden hinter ihm reckten die Hälse, um alles mitzubekommen. Mich über die Klinge springen zu lassen, versprach ein Riesenspaß zu werden. Der Keil einer eintätowierten Streitaxt ragte über den Kragen seines T-Shirts hinaus, sein Kopf war kahl geschoren, und am Kinn trug er ein pinselartiges Bärtchen. Er war mir so nah gekommen, dass ich anfangen konnte, die Herde seiner Pickel zu zählen, die über sein Gesicht hinwegzog. Ich schob die Flasche zu ihm zurück.

– Ist zu viel Sabber dran.

Auf so etwas hatte er gewartet. Blitzschnell packte er mich am Hemd und riss mich hoch. Ich war nun eine gute Stunde innerlich sprungbereit dagesessen und hatte vor Anspannung einigen Schweiß vergossen. Aber jetzt war es so weit. Ich gab ihm mit beiden Fäusten, Fingerknöchel voraus, zugleich links und rechts einen kräftigen Stoß auf die empfindlichen Stellen unter den Achseln. Nicht die Wucht des Schlages, sondern ein Schutzreflex brachte ihn dazu, mich sofort loszulassen und beide Arme an den Brustkorb zu pressen. Er schrie auf, gewann jedoch rasch seine Fassung wieder und griff sich die Bierflasche wie eine Keule. Ich hatte den Totschläger bereits aus dem Hosenbund gezogen und schlug zu. Klirrend zerscherbte das braune Glas, und Splitter verteilten sich über den Boden. In pfeifenden Schlägen zog ich die Stahlrute einige Male durch die Luft. Der Pinselbart wich zum Stammtisch zurück, wo es seine Kameraden nicht mehr auf den Stühlen hielt.

– Her mit euch!

Ich winkte sie heran. Niemand rührte sich, das Überraschungsmoment war ganz auf meiner Seite. Ohne mich von ihnen abzuwenden, ging ich rückwärts zum Ausgang. Erst als ich die Tür hinter mir wusste, drehte ich mich um, zog sie auf und verschwand. Draußen auf der Straße fackelte ich nicht lange, nahm die Beine in die Hand, rannte zu meinem Rad, sperrte es auf und schwang mich in den Sattel. Keinen Moment zu früh, denn der Haufen kam aus der *Burg Berneck* herausgestürmt. Ich zog auf dem Rad durch und hielt ein scharfes Tempo, bis ich die Isar überquert hatte. Dort fuhr ich wieder Richtung Giesing zu Wolfertshofers Refugium zurück.

Auch wenn ich mich wacker geschlagen hatte, die Bilanz des heutigen Abends war armselig: Außer Spesen nichts gewesen.

23

Jetzt konnte mir nur noch einer helfen. Am nächsten Morgen versuchte ich Maik aufzutreiben. Seine Mutter sagte, er arbeite zur Probe bei der Gärtnerei. Ob das bis jetzt gehalten habe, könne sie aber auch nicht sagen. Ich wendete mich gleich an meinen alten Freund Hinnerk, der draußen auf dem Land in Astbach lebte. Hinnerk bestätigte, dass Maik mit einem Praktikum versuche, die sich daran anschließende Ausbildungsstelle bei der Gärtnerei zu bekommen, und gab mir die Nummer.

Maik hörte sich meine Geschichte an und gab zu, dass er sich auch schon Gedanken um die NK und deren Beteiligung gemacht hatte. Trotzdem blieb er zögerlich.

– Was sollte ich da für dich tun können?

– Ich muss diesen Ben auftreiben und ihn mir zur Brust nehmen. Ich will wissen, was da gelaufen ist.

– Das sagt sich so leicht. Du machst dir ja keine Vorstellung, in welche Klemme ich gerate, wenn das aufkommt. Als Verräter hast du keine ruhige Minute mehr.

– Du bleibst außen vor.

– Was muss ich tun?

– Du kommst heute Abend in die Stadt, und wir suchen ihn. Mir reicht es, wenn du sagst, der ist es. Mehr will ich nicht.

Maik überlegte.

– Okay. Sieben Uhr.

– Wo?

– Theresienhöhe. Oben beim *Pschorr-Keller*. Sein Vater wohnt ums Eck in der Landsberger Straße, dort sollten wir es zuerst versuchen.

Das war geregelt, und ich hatte eine weitere Chance, mir einen Informanten aus den NK herauszubrechen. Allerdings konnte ich ihn nicht zu Fuß vor mir hertreiben, wenn ich ihn in die Finger bekam. Ohne meinen Bus war das nicht zu machen.

Ich meldete mich gleich bei Julius. Seine Stimme war von überquellender Traurigkeit. Er setzte da wieder ein, wo wir zuletzt aufgehört hatten. Und sofort schrumpfte meine Seele so gänsehäutig zusammen wie der Beutel eines Seemanns, dem der Polarwind in die Hosen bläst. Aber davon hatte ich nun die Schnauze voll. Schließlich galt es, eine schneidige Attacke zu reiten. Ich gab mich betont geschäftsmäßig.

– Ich bräuchte meinen Bus.

– Wo ist das Problem?

– Er steht bei mir im Hof. Für mich vermintes Gelände.

– Du meinst, ich soll ihn dir bringen?

– Genau.

Julius grunzte. Das klang schon entschieden besser. Wir verabredeten uns in seiner Mittagspause. Er würde den Bus zur Wittelsbacherbrücke bringen, wo ich auf ihn warten wollte.

24

Auch die Schwanthalerhöhe durfte sich einmal Arbeiterviertel nennen. Nicht dass man von dort aus auf ganz München herunterschauen könnte, aber doch auf die weitläufige Theresienwiese, wo sich Ende September die Bierfreunde aus aller

Herren Länder zum kollektiven Besäufnis treffen. Dass auf diesem steinigen Feld vor allem zu Zeiten der Räterepublik die größten Demonstrationen stattfanden, hat nicht nur mit der Disziplin der Münchner Arbeiterklasse zu tun, die, statt Verkehr und Alltagsgeschäfte zu behindern, lieber auf freiem Gelände auf- und abmarschierte, sondern sicher auch mit den nahe gelegenen Wohnwaben. Man musste eigentlich nur die Schwanthalerhöhe hinuntergehen, um an einer machtvollen Kundgebung teilzunehmen. Ablenkungen und Versuchungen durch einen längeren Anmarsch war man nicht ausgesetzt.

Die dicht nebeneinandergeschachtelten Wohnblocks waren in den engen Straßen mehr hingerotzt als gebaut worden. Knapp hundert Jahre später bot deshalb das Quartier seiner maroden Substanz und seines geringen Komforts wegen die günstigsten Mieten und wies bald den größten Ausländeranteil Münchens auf. Wo Fisch und Souflaki gegrillt werden, Wein und Raki fließen, in winzigen Import-/Export-Läden von der Knopfzelle bis zum Mückenschredder sämtliche Errungenschaften der modernen Welt angeboten werden, kommt auch der Inländer wieder herbei und interessiert sich für das abgelegte Viertel. So umschließt nun ein teurer Neubaugürtel den alten Kern, von dem aus man besuchsweise nachgucken kann, ob diese Knoblauchkultur im Inneren immer noch so *herrlich* gemütlich ist und weiterhin den Schnaps gratis ausschenkt.

Als ich die Treppen zum *Pschorr-Keller* hochstieg, erkannte ich den dort wartenden Maik in Jeans und Mantel kaum mehr. Wir gingen zu meinem alten Bus zurück und fuhren zur Landsberger Straße hinüber. Im Gegensatz zu den meisten anderen, die nur so heißen, kommt man auf der Landsberger

Straße tatsächlich nach Landsberg, denn sie ist eine der großen Achsen, um München westwärts zu verlassen. Dort zu wohnen allerdings ist die Hölle; man tut dies gezwungenermaßen, weswegen ich eine anschauliche Vorstellung hatte, was mich dort erwartete.

Ich parkte den Bus auf dem Gehsteig.

– Du wartest hier, sagte ich zu Maik. Aber nicht im Wagen. Womöglich schnappe ich mir den Burschen und nehme ihn mit. In diesem Fall haust du einfach ab, ohne dass dich jemand sieht. Okay?

Er nickte. Ich tastete mich noch einmal ab, ob ich alles einstecken hatte, was ich brauchte, und schaute die Hausfassade hoch. Die Wohnung lag im dritten Stock. Die Hauswand war abgasgeschwärzt, zahlreiche Fenstersimse hatte man mit Satellitenschüsseln bestückt. Innen roch es feucht und nach einem Pilz, der im Mauerwerk wucherte. Ich stieg die ausgetretenen Bohlen hoch. Ein mit Horngacher beschriftetes Klebeband zeigte mir, dass ich vor der richtigen Eingangstür stand.

Ich läutete. Drinnen tat sich nichts. Aber der Fernseher brüllte. Also läutete ich nochmals und klopfte gegen die Tür. Jemand drehte den Ton ab und schlurfte heran. Ein untersetzter Glatzkopf in Trainingshose öffnete.

– Ist Ben zu Hause?

Er ließ ein spöttisches Lachen hören.

– Für wie dumm haltet ihr uns eigentlich? Ich habe doch deinem Kollegen schon gesagt, dass der nicht da ist.

– Die Polizei war da?

– Und von wem kommst du?

– Bin ein Bekannter.

Zweifelnd kniff er das linke Auge zusammen.

– Ich habe doch gesagt: Er ist nicht da.

Er machte Anstalten, die Tür zu schließen. Ich klemmte meinen Fuß dazwischen, drückte sie auf und schob ihn beiseite. Hier war ich jedoch an den Falschen geraten. Mit dem kleinen, untersetzten Kerl vollzog sich die erstaunliche Verwandlung in eine Kanonenkugel. Er krümmte den Buckel, legte den Kopf tief und nahm die Fäuste hoch. Gute Deckung, Linksausleger, dachte ich noch, und schon arbeitete er sich links-rechts-links in mich hinein wie in einen Sandsack. Er verpasste mir einen kräftigen Leberhaken, und ich spürte dieses schmerzhafte Ziehen in meinen Eingeweiden. Ich hatte in letzter Zeit nun wirklich genug eingesteckt, aber für diese plumpe Dummheit, mir einfach Zutritt zu der Wohnung zu verschaffen, ohne zu überlegen, ohne zu verhandeln, hatte ich Strafe verdient. Genau diesen Vorwurf hatte mir damals auch Stan Bolzmann gemacht. Einer wie ich kriegt schon deshalb immer wieder eins auf die Rübe, weil er in seinem Leben nichts weiter gelernt hat, als geradeaus zu laufen.

– Lass gut sein, sagte ich und hob die Hände.

Am Ende des Gangs wurde eine Tür geöffnet. Ein hoch aufgeschossener Schlacks mit glatt rasiertem Kopf, Hängeschultern und Kopfhörern um den Hals. Das musste Ben sein. Kein Muskel, nur Knochen – die Karikatur eines Skinheads. Zum Lachen, nicht zum Fürchten.

– Was ist denn los?, fragte er.

Der kleine Bullige drehte mir beide Arme auf den Rücken.

– Kennst du den?

Ben schüttelte den Kopf.

– Dachte ich mir schon. Schau mal nach, wer das ist.

Ben griff in meine Seitentasche und zog mein Portemonnaie samt Perso heraus.

– Wilhelm Gossec, las er vor.

Schließlich fand er auch noch eine Visitenkarte.

– Der Typ ist Trödler.

– Was willst du von Ben? Sag schon, sonst helfe ich nach.

Er schüttelte mich. Ich entschloss mich zu einem Schuss ins Blaue.

– Er schuldet einem Bekannten von mir Geld.

Ben grinste.

– Siggi! Diese Ratte. Und da schickt er so eine Sacknase wie dich?

Ben zog einen Hunderter aus meinem Geldbeutel. Dann erst steckte er ihn in meine Jacke zurück.

– Kannst ihm sagen, dass ich jetzt wieder flüssig bin. Soll halt mal selbst vorbeikommen.

Sein Vater schubste mich aus der Wohnung.

– Wenn du hier noch mal aufkreuzt, gibt es richtig Kloppe, klar?

Er warf die Tür zu, und ich schlich wie ein geprügelter Hund nach unten.

25

Ehrlich gesagt, traute ich mich gar nicht zu meinem Bus zurück. Ich hatte bei dieser Großkotznummer jämmerlich versagt. Draußen wartete Maik, den ich aus Astbach beizitiert hatte und dem ich nun beichten sollte, dass ich nur hochgegangen war, um mir ein paar Ohrfeigen abzuholen. Irgendwas lief bei mir verdammt schief. Und das am laufenden Meter. Natürlich gab es auch früher schon Zeiten, in denen einfach viel danebenging. Aber trotz aller Ausrutscher hatte ich mir stets einen Riecher für die richtige Spur und ein geschicktes Vorgehen bewahrt. Sicher, Schrammen waren immer schon schmerzhaft, aber jetzt tappte ich orientierungslos durch die Gegend, und nichts konnte schlimmer sein, als den inneren Kompass eingebüßt zu haben.

Ich ging zur Hintertür hinaus, hockte mich auf ein bemoostes Mäuerchen neben den Mülltonnen und drehte mir eine Zigarette. Wie bin ich nur in dieser Scheiße gelandet? Der Weg, den ich eingeschlagen hatte, war mir manchmal seltsam vorgekommen. So jämmerlich, wie ich jetzt dasaß, war klar, dass er unaufhaltsam abwärts geführt hatte.

Ich schnippte die Zigarette weg, spuckte ihr hinterher und ging durch den Hausflur auf die brausende Straße zurück. Maik saß mit verschränkten Armen im Bus. Im Rückspiegel sah er, wie ich angekrochen kam. Ich nahm auf dem Fahrersitz Platz.

– Wo soll ich dich hinbringen?

Maik musterte mich schweigend.

– Weltergewicht, sagte er. In seinen besseren Tagen war er bayerischer Meister. Hätte ich dir vorher sagen können.

– Warum hast du nicht?

– Weißt ja alles besser.

Ich rollte mir noch eine.

– Auch eine?

Er nickte. Ich baute eine weitere. Schweigend rauchten wir.

– Hast ja recht, sagte ich schließlich. Und mit dem anderen, was du dir noch denken magst, auch. Schau mich an! Deswegen hänge ich brutal in den Seilen.

Ich kurbelte das Fenster auf und warf die Kippe hinaus.

– Also, wohin?

Maik grinste.

– Komm jetzt mal runter von deinem einsamen Heldentrip, Mann! Da draußen laufen ein paar Zorros zu viel herum. Und alle in deinem Alter. Irgendwas ist ziemlich schiefgelaufen bei euch.

Erstaunt guckte ich ihn an.

– Okay, sagte Maik, jetzt machen wir es zur Abwechslung mal so, wie ich meine. Gib mir dein Handy!

Widerspruchslos reichte ich es ihm. Er begann eine SMS einzutippen.

– Es wäre nicht das erste neue Handy von Bens Freundin, eine fremde Nummer muss ihn nicht unbedingt irritieren. Und der Alte oben hat sie rausgeschmissen, weil sie ihn mal beklaut hat. Also treffen sie sich immer irgendwo anders. Und warum sollte sie nicht hier unten auf ihn warten?

Er gab mir das Handy zurück.

– Einen Versuch ist es wert. Entweder, er kommt gleich, oder du hast Pech gehabt.

Er stieg aus.

– Mach's gut, Zorro!

Er warf den Schlag zu und verschwand Richtung Innenstadt. Das mit seiner Erziehung war doch nicht so schiefgelaufen, wie ich befürchtet hatte.

26

Mein Handy piepte. Ich schaute auf das Display. *Bin gleich da*, stand da zu lesen. Ich gab mir einen Ruck und stieg aus dem Bus. Im Hausgang stellte ich mich unter den Treppenabsatz, mehr war nicht nötig, um nicht gesehen zu werden.

Schließlich ging oben die Tür, und Ben kam wie ein Wackerstein die Treppe heruntergepoltert. Als er unten angekommen war, packte ich ihn am Kragen und warf ihn herum.

– Du schon wieder, zischte er. Hast noch nicht genug?

Seine rechte Hand fuhr zur Hosentasche. Ich fing sie ab und fasste hinein. Ein Messer kam zum Vorschein. Vorsichtshalber tastete ich ihn ab. Dabei behielt ich seinen kleinen Finger in meiner Faust und bog ihn nach oben.

– Wenn du schreist, ist er ab. Klar?

Er war sauber, ich konnte keine anderen Waffen an ihm finden. Aber in seiner Jackentasche steckte noch mein Hunderter. Ich zog seine Arme nach hinten und verschnürte seine Hände auf dem Rücken mit einem Lederriemen, den ich mitgebracht hatte. So schob ich ihn nach draußen und verfrachtete ihn in den Bus.

– Was soll das werden? Eine Entführung oder was?

Einen richtigen Plan hatte ich gar nicht. Ich startete den Bus. Was ich suchte, war ein ruhiger Ort, um ihm das abzwingen zu können, was er mir freiwillig nicht sagen wollte. Nach kurzer Zeit war mir klar, dass ich Wolfertshofers Wohnung ansteuerte. Ich parkte vor dem Haus, stieg aus und schaute zum Dachgeschoss hoch. Alles war dunkel und ruhig dort oben. Spurensicherung und dieser ganze Zauber waren mit Sicherheit durch. Besonderer polizeilicher Aufmerksamkeit war sie nicht mehr wert, was sollte denn in und mit ihr noch passieren, außer dass sie nun Wolfertshofers Erben zustand.

Ich holte Ben aus dem Wagen und ging mit ihm ins Haus. Ich nahm den Lift ganz hinauf.

– Was machen wir hier?

– Schnauze!

Ich sperrte die Wohnung auf, zog ihn hinein und verschloss sicherheitshalber die Tür. Ich beobachtete ihn genau. Auf seinem Gesicht war nichts zu lesen. Nur Trotz und unterdrückte Wut.

– Okay, sagte ich. Wir haben viel Zeit. Kennst du die Wohnung?

Er schüttelte den Kopf.

– Dann erzähl mir jetzt haarklein, wie und was bei euch mit Wolfertshofer gelaufen ist.

– Wer ist das denn?

Das war frech. Natürlich wusste er Bescheid. Ich holte schon aus, besann mich dann aber wieder. Er war immer noch gefesselt, ihm eine reinzuhauen, widerstrebte mir.

– Der Kabarettist, dem ihr eine Lektion erteilt habt.

– Da war nichts. Aber auch dazu kriegst du von mir nichts zu hören. Ich bin doch kein Kameradenschwein.

Er war verstockt, keine Frage. Aber eine so harte Nummer war der Junge nicht, dass er sich auch an dem Ort, an dem Wolfertshofer zusammengeschlagen und umgebracht worden war, gänzlich unbeeindruckt geben konnte. Allerdings musste er ja nicht an dem Mord selbst beteiligt gewesen sein.

– So kommen wir nicht weiter.

Ich lief die Zimmer ab, bis ich das Bad als geeigneten Ort

ausgemacht hatte. Es war in einen Erker hineingebaut worden, von dem aus man direkt auf den gepflasterten Hof hinunterschaute.

– Du voraus!

Ich stieß ihn vorwärts.

– Was hast du vor?

Ich nahm Angst in seinem Gesicht wahr. Das Fenster stand bereits offen. Ich packte ihn am Kragen seiner Jacke und am Gürtel, hob ihn hoch und setzte ihn, Beine voraus, auf das Fensterbrett. Unten im Hof brannte das Licht einer Laterne.

– Hey, hey, hey! Bist du irre oder was?

– Guck es dir gut an. Ist ein langer Weg nach unten.

Ich gab ihm einen Stoß, ohne allerdings Kragen und Gürtel loszulassen. Er schrie nicht, vielmehr gurgelte Panik aus ihm heraus.

– Weißt du, sagte ich, man kann sich das doch gut vorstellen. Da kommt einer wie du an den Tatort zurück. Da hast du geglaubt, alles wegschieben zu können, aber hier wird das wieder lebendig. Der ganze Abend, die Schläge, die ihr Wolfertshofer verpasst habt – all das. Wenn du dir ein bisschen Gemüt und Gewissen bewahrt hast, dann bist du jetzt so verzweifelt, dass du aus dem Fenster springst, um Selbstmord zu begehen. Wäre doch möglich, oder?

Ich gab ihm nochmals einen Stoß. Er gab keinen Laut mehr von sich, bog den Oberkörper nach hinten, versteifte sich, und ich konnte zusehen, wie ein dunkler Fleck in seinem Hosenschritt auftauchte und rasch größer wurde. Ich zog ihn wieder ins Bad und setzte ihn auf den Wannenrand.

– Leg los!

Bleich starrte er auf den Boden.

– Da war nichts, ich schwöre es! Wir sollten seine Adresse rauskriegen. Haben wir aber nicht geschafft. Dann hieß es, dass die anderen die Veranstaltung im Schlachthof aufmischen. Aber das hat Hubert ja selbst abgebrochen.

– Hubert?

– Einer vom Vorstand. Er kannte da einen Typen.

Er meinte Stan.

– Das war es dann auch schon. Wir haben uns dann zwar noch mal getroffen, um zu überlegen, wie wir nun weiter vorgehen, aber am nächsten Tag stand dann ja schon in der Zeitung, dass er tot ist. Außer einer Siegesfeier in der *Burg* am nächsten Abend …

– Siegesfeier? Wie krank seid ihr eigentlich im Hirn?

Ich überlegte kurz. Ben hatte so viel Angst, dass er mir sicher die Wahrheit gesagt hatte. Und diese fiese Fresse ertrug ich keinen Moment länger. Ich schnitt mit seinem Messer den Lederriemen auf, mit dem ich ihn gefesselt hatte. Ich zog ihn zur Tür und sperrte auf.

– Verschwinde und kreuze nie wieder meinen Weg. Sonst prügle ich alles aus dir raus, was mit Sieg zu tun hat, egal, ob Sieg Heil! oder Siegesfeier.

Sein Abgang hatte viel mit einem geölten Blitz zu tun. Ich löschte alle Lichter in der Wohnung, sperrte wieder ab und ging hinunter in meinen Bus. Dort saß ich wenigstens eine halbe Stunde, starrte nach draußen auf den Zaun der angrenzenden Gärtnerei und rauchte drei Zigaretten.

27

Als ich den Bus gestartet hatte, kam ich gerade mal fünfzig Meter weit. Dann fuhr ich wieder rechts an den Bordstein heran, schaltete den Motor aus und weinte. Hemmungslos. Alle Mühlsteine, die um meinen Hals hingen, fielen ab. Ich war nicht schuld. Die NK hatten es nicht getan. Demnach war ich an überhaupt nichts schuld. Eine unbeschreibliche Erleichterung durchrieselte mich, ich hatte das Gefühl zu schweben. Einer der wenigen Momente ereignete sich dabei, in denen ich mich mit den Augen meines Alter Ego betrachten durfte. Ich sah Gossec da unten sitzen und weinen. Ein grober Klotz, aber voll Empfindsamkeit. Einer, der das Gute wollte, aber Unheil anrichtete. Ein Kerl, der keinen Irrweg ausließ, aber dennoch ein wertvoller Mensch.

Und wenn ich mich nun von diesem Drang, wieder einmal auszuscheren, leiten ließ, dann war vollkommen klar, dass ich eine geradezu tierische Lust auf einige Glas Weißbier hatte. Wenn ich an nichts mehr schuld war, dann war auch der Alkohol freigesprochen, und es gab überhaupt keinen Grund mehr, ihn noch weiter mit Missachtung zu strafen.

Ich rief Julius an.

– *Wirtshaus Giesing*, sagte ich im Befehlston.

– Hä?, machte Julius.

– Weißbier!

– Fastenzeit schon zu Ende?

– Erbarmen, sagte ich. Das Schicksal hat Erbarmen mit mir gezeigt. Ich war es nicht. Wenn dir das kein Glas wert ist!

– Kannst du mal zusammenhängend reden?

– Alles später im *Krug*!

Bald schon perlte der Champagner des kleinen Mannes im Glas, und die Wiedersehensfreude war groß. Julius war große Erleichterung anzumerken, denn auch er hatte sich verantwortlich gefühlt, weil er meine Verrücktheiten immerhin geduldet hatte.

Nachdem wir einige Male angestoßen und uns warmgeredet hatten, bat ich Julius um seine Aufmerksamkeit für eine Sache, die mich sehr belasten würde.

– Hätte ich mir denken können, dass dein Freispruch noch einen Haken hat.

Gequält schaute er mich über sein Bierglas an.

– Ich brauche aber deinen Rat.

Anschließend erzählte ich ihm die ganze Geschichte von Stan und mir.

– Und, fragte ich, was würdest du an meiner Stelle tun?

Julius schüttelte den Kopf.

– Ich verstehe gar nicht, warum du mich das fragst. Du musst ihn zur Rede stellen, ihm aber auch eine Chance geben, sich zu verteidigen. Was denn sonst? So jedenfalls würde ich mir das von dir in meinem Fall erwarten.

Klare Ansage, aber er hatte recht. Wir tranken noch ein letztes Glas und machten uns dann auf. Die Föhnlage war zusammengebrochen und die Temperatur nach unten gesackt. Ich wollte noch das Fahrrad und meine Sachen aus Wolfertshofers Atelier holen. Julius sagte, den Bus könne er morgen mitnehmen, er habe in der Nähe zu tun. Zum Abschied umarmten wir uns.

28

In beschwingten Schritten steuerte ich die Garage an. Als ich vor der Eingangstür den Schlüssel herauskramte und aufzusperren versuchte, hatte ich das ungute Gefühl, dass hier etwas faul war. Der Schlüssel hakte, das Schloss wies Kratzer auf. Hier war jemand mit einem professionellen Satz Dietriche und Haken als Knacker tätig geworden. Innen sah alles wie zuvor aus. Keine Schublade, kein Schrankfach war durchwühlt worden.

Dann sah ich die Lücke im Regal. Der Prag-Bildband fehlte. Ich ließ mich in den Sessel fallen. Der Bildband mit dem Dossier!

Um jeden Irrtum auszuschließen, überprüfte ich noch einmal das ganze Atelier. Aber es fehlte nichts weiter, kein Möbelstück wies Kratz- oder Hebelspuren auf, auch die verschlossene Metallkassette war noch an ihrem Ort. Jemand hatte gezielt wegen des Bildbands hier eingebrochen.

Ich packte meine Sachen in den Rucksack. Dann filzte ich das Regal nach Resten, der Grußkarte, die als Widmung eingelegt war, aber alle Krümel waren weggefegt. Schließlich blätterte ich das Adressbuch neben dem Telefon durch, eine Abteilung unter dem Buchstaben E existierte nicht mehr. Sie war komplett herausgerissen. Nichts mehr in diesem Raum wies darauf hin, dass Wolfertshofer mit Eyerkauff einen Helfer im Rücken hatte, der ihm zuarbeitete. Alle Hinweise auf ihn waren getilgt, als hätte er nie existiert.

Da spürte ich eine Hand auf meiner Schulter.

– Guten Abend, sagte eine Frauenstimme in der vertrauten süddeutschen Modulation, deren Wellencharakteristik keine Spitzen, sondern nur Rundungen aufweist.

Ich fuhr herum und blickte in das durchaus freundliche

Gesicht einer jungen Polizistin. Unsereiner machte immer wieder den Fehler, sie nicht ernst zu nehmen. Eine Krankenschwester sah noch nie wie ein verkleideter Arzt aus. Die Beamtin jedoch trägt Männerkleidung. Die Außendienstuniform aus schwarzer Lederjacke, moosgrüner Funktionshose in Winterausführung, wasserabweisender, schwer entflammbarer Schirmmütze mit Oberstoffbiese und Lüftungsperforation am Deckelrand gestattet Frauen auf der Kriminalbühne nur eine Hosenrolle. Fehlten eigentlich nur noch der angeklebte Schnurrbart und der Degen.

So harmlos der erste Eindruck war, so Furcht einflößend war der zweite: In der Tür stand ihr Kollege mit gezogener, auf mich gerichteter Waffe. Sie tastete mich ab. Wie gut, dass ich mein Waffenarsenal im Bus zurückgelassen hatte.

– Können Sie sich ausweisen?

Dieser Satz steht in meiner Hassliste ganz oben. Egal, wo auf Gottes Erdboden man sich befindet, irgendein Beamter fordert den Erlaubnisschein ein, dass man zu einer bestimmten Zeit an einem bestimmten Ort verweilen darf, und das reicht von der Fahrkarte bis zum Geburtsschein, je nachdem ob es sich um das Recht auf einen Platz im Zugabteil handelt oder um die Generalbefugnis, sich auf dieser Welt aufhalten zu dürfen.

Zum zweiten Mal an diesem Tag wurde mein Perso überprüft. Die Polizistin verschwand damit, wahrscheinlich um in ihrem Dienstfahrzeug die Daten über Funk abzufragen. Schließlich kam sie wieder zurück.

– Was machen Sie hier, Herr Gossec?

Ich zog den Schlüsselbund aus meiner Hosentasche und hielt ihn hoch.

– Mit Erlaubnis meines Bekannten.

– Wolfertshofer ist tot, entgegnete sie. Und der Schlüsselbund könnte gestohlen sein.

– Könnte! Mehr haben Sie nicht gegen mich?

– Lassen Sie das Theater, Herr Gossec. Wir haben einen Hinweis, dass sich jemand schon seit einigen Tagen hier aufhält. Was umso interessanter ist, da wir jetzt wissen, dass Wolfertshofer den Raum hier angemietet hatte.

Ich hatte es geahnt: Dieser PM Britzl war Giesings schärfster Schweißhund.

– Seltsamerweise sind Sie unter Ihrer normalen Adresse nicht mehr anzutreffen.

– Muss man sich abmelden?

Genervt ließ sie die Schultern hängen.

– Dieses Geplänkel ist ziemlich öde. Ihnen ist doch klar, dass wir die Umstände aufzuklären versuchen, unter denen Joseph Wolfertshofer zu Tode gekommen ist.

Sie trat in einen kurzen Blickkontakt mit ihrem Kollegen. Was sie hinterher verkündete, war eine Entscheidung, die sie mit ihm wortlos getroffen hatte.

– Wissen Sie was, Herr Gossec, wir nehmen Sie mit aufs Revier. Dort können Sie Inspektor Dieselhofer in aller Ausführlichkeit erzählen, was Sie die letzten Tage so getrieben haben.

– Sind Sie einverstanden, oder brauchen wir Handschellen?, tönte es von Tür her.

– Peace, sagte ich und spreizte die Finger.

Etwas Dümmeres fiel mir wirklich nicht ein. Aber man versuchte ja, auch in höchster Not schlagfertig zu bleiben.

29

Sah man einmal davon ab, dass ich diesen glorreichen Abend gerne anders beendet hätte, nahm das Schicksal nur ein wenig schneller seinen Lauf. Spätestens morgen hätte ich diesen Gang in die Ettstraße aus freien Stücken antreten müssen, um mich von all dem, was ich wusste, zu entlasten und dafür zu sorgen, dass man Wolfertshofers Mörder auf die Spur kam. Außerdem kannte ich Dieselhofer, er war ein reeller Mensch von barockem Format, der mich stets fairer behandelte, als ich es verdiente. Ihn hätte ich ohnehin gesucht. Nur wäre der Eindruck wesentlich günstiger gewesen, wenn ich selbstständig dort aufgekreuzt und nicht als ertappter Einbrecher vorgeführt worden wäre.

Dieselhofer blickte auf, als wir das Büro betraten. Großes Bedauern über eine weitere traurige Episode, die ich soeben meiner insgesamt etwas glanzlosen Lebenskarriere angefügt hatte, umwölkte sein Gesicht.

– Mein Gott, Gossec, was stellen Sie auch immer an!

Dieselhofer erhob sich. Um Himmels willen, sah der Mann schlecht aus! Seine Apfelwampe war geschrumpft, das Hemd lag ihm nicht mehr wie eine geknöpfte Wursthaut um den Leib, sondern war gut und gern eineinhalb Nummern zu weit. Den Leibriemen hatte er bestimmt zwei Löcher enger gezurrt. Wir gaben uns die Hand.

– Sie sind doch nicht krank, Herr Inspektor?

So bitter wie er konnte nur ein Sisyphos auflachen, den man eben gefragt hatte, ob das Steinrollen denn noch einen Sinn habe.

Dieselhofer verabschiedete winkend die Kollegen aus

dem Zimmer und beugte sich über seinen Schreibtisch zu mir her.

– Krank? Gesund und fit wie nie! Die Frau zu Hause kocht seit Silvester Diät. Wir sind zu dick, sagt sie. Bei ihr müssen zehn, bei mir fünfzehn Kilo weg.

Dieselhofer ließ sich in seinen Bürostuhl fallen.

– Außerdem soll ich zum Pilates, verstehen Sie?

Er lauerte auf meine Reaktion. Aber dieser oberbayerische Modellmensch würde beim Spine-Twist ein ebenso unwürdiges Bild abgeben wie Herakles als Wollspinner zu Füßen Omphales.

– Natürlich im Polizeisportverein, setzte er hinzu, als er meine erschrockene Miene bemerkte.

Der Akzeptanztest der geplanten Maßnahme war schiefgegangen. Er schaute auf die Uhr.

– Wenn wir jetzt noch eine Vernehmung machen, dann wird das nichts mehr mit dem Essen.

Er rieb sich die Hände und griff entschlossen nach dem Telefon, um zu Hause Bescheid zu geben, dass er leider nicht zum Abendessen kommen könne. Die stilsichere Intonation von Entschuldigungs- und Trostworten hatte er offenbar beim Blockflöten gelernt.

Er legte den Hörer so gefühlvoll auf die Gabel, als würde er den Deckel einer Schmuckschatulle schließen. Erst dann wendete er sich mir triumphierend zu.

– So!

Gleich danach rief er in der Kantine an.

– Habt ihr noch irgendwas? Nur eine Kleinigkeit.

Fragend deutete er auf mich.

Ich nickte.

– Also gut, sagte er, zweimal Schweinswürstel mit Kraut. Versöhnt mit sich und der Welt faltete er die Hände.
– Stärken wir uns erst einmal.

30

Bei aller Kommodheit, die Dieselhofer ausstrahlte, durfte man nicht den Fehler machen, ihn zu unterschätzen. Er kannte seinen Fall in allen Details und gab bei Unklarheiten keinen Fingerbreit nach. Dabei drohte er nie, er verstand es vielmehr, mich als Verbündeten mit hineinzuziehen.

– Schauen Sie, Herr Gossec, natürlich möchte ich Sie heute nach Hause schicken. Aber so reicht das doch nicht. Da müssen Sie mithelfen und noch ein bisschen was drauflegen.

Normalerweise war ich in solchen Vernehmungen eher zurückhaltend und sagte lieber zu wenig als zu viel. Aber Dieselhofer erzählte man jede Kleinigkeit, sogar solche, die man selbst nicht einordnen konnte, in der Hoffnung, sie möchten wenigstens ihm nützen. Er wiederum honorierte das, indem er keine Spielchen trieb. Man hatte in Wolfertshofers Wohnung jede Menge Spuren gefunden, die meine Anwesenheit belegten. An seiner Kleidung und seinem Körper war jedoch nichts von mir. Sein Peiniger war definitiv ein anderer gewesen. Mit dieser Information im Rücken tat ich mich wesentlich leichter, alles auszupacken.

– Gestorben ist er letztlich an Herzversagen, sagte Dieselhofer.

Er kramte in seinen Papieren.

– Um es genau zu sagen: kardiogener Schock. Ansonsten einige Hämatome. Der wurde regelrecht traktiert. Als hätte man etwas aus ihm herauspressen wollen.

– Und die Blutspritzer!

– Nasenbluten vor allem. Das wäre nicht so schlimm gewesen.

– Dass man seinen Körper wie ein Hakenkreuz drapiert hat?

Dieselhofer wiegte den Kopf.

– Zufall. Das mit den Neonazis können Sie vergessen. Passt schon von der Tat her nicht. Die treten doch immer im Pulk auf, Schläger, die pöbeln und prügeln. Ihre Fahne, ihr Abzeichen tragen sie vor sich her, schreien ihre Parolen. Jeder soll mitkriegen, dass sie das waren. Aber das heimliche Abrechnen ohne jedes Bekennertum, ohne Auffälligkeiten, das wäre total untypisch.

Er goss sich einen Kaffee aus der Thermoskanne ein.

– Machen wir weiter.

So durchpflügten wir die zurückliegenden Tage. Endlich kamen wir zu dem verschwundenen Bildband. Dieselhofer wurde ganz schmallippig, als ich auf Eyerkauff zu sprechen kam. Er schmiss seinen Hängeordner auf den Schreibtisch und den Bleistift obendrauf.

– Die schon wieder! Und Sie glauben, Inspektor im Eichamt. Dass ich nicht lache. Eigene Stabstelle im Innenministerium! Nur dem Minister Rechenschaft schuldig. Wenn die verwickelt sind, kann ich den Fall wegschmeißen. Jedes Mal, wenn wir an den hinermitteln, werden wir zurückgepfiffen. Keine Chance, aber absolut keine!

– Geheimdienst?

Er zuckte die Achseln.

– Wir würden sagen: Task-Force. Einsatz immer dann, wenn es brennt.

– Aber Wolfertshofer hätte doch nie mit dem Innenministerium zusammengearbeitet!

Kopfschüttelnd sah Dieselhofer mich an.

– Oh mei, Gossec. O sancta simplicitas!

Ich wusste nicht mehr, was ich sagen sollte. Genau genommen geriet ich ins Stottern.

– So einen Wolfertshofer halten sich die Herren gern als Hofnarren. Ein Kabarettist weiß doch gar nicht, was da draußen los ist. Und schon gar nicht, was da oben läuft. Dem schmeißen sie einen Brocken hin: Hören Sie her, Wolfertshofer, ich erzähle Ihnen mal eine Riesensauerei! Schon glaubt der das und apportiert wie ein Hunderl. Und die klopfen sich auf die Schenkel und amüsieren sich köstlich.

– Ach Schmarren!

Dieselhofer zuckte die Achseln.

– Glauben Sie doch, was Sie wollen. Erzählen kann ich Ihnen sowieso nicht alles. Aber wenn Sie sozusagen Richtung Eyerkauff privat weiter ermitteln und was finden würden …

Er warf mir einen prüfenden Blick zu. Ich wiegte den Kopf.

– … das täte ich zu gern wissen, was die da so treiben. Von unserer Seite aus ginge das klar. Passive Unterstützung, verstehen Sie?

Mit einer Hand bedeckte er seine Augen, mit der anderen hielt er sich den Mund zu.

– Machen wir Schluss für heute. Und lassen Sie was von sich hören.

Er gab mir Hand, und ich war entlassen.

31

Das Getümmel in meinem Kopf ließ sich nur als Gedankentumult beschreiben. Ich mochte Dieselhofers Andeutungen nicht folgen. Sie widerstrebten mir. Aber ich wollte Julius bitten, mir Informationen über diesen Eyerkauff zu beschaffen. Jeder hinterließ Spuren im Internet, und Julius war der Mann, sie ausfindig zu machen und zu lesen.

Schon am anderen Morgen rief ich ihn an. Meinen Abstecher in die Ettstraße streifte ich nur kurz. Solange ich mit heiler Haut davonkam, war Julius abgebrüht genug, sich nicht weiter zu echauffieren.

Meine Bitte ließ er so ungerührt an sich abprallen, als würde ich mit einer Wand Pingpong spielen.

– Ich brauche diese Informationen unbedingt.

Julius räusperte sich. Jetzt würde etwas Gewichtiges kommen.

– Morgen ist Faschingsdienstag.

– Und ganz München ist besoffen. Geht mir am Arsch vorbei, sagte ich.

– Aber mir nicht. Natürlich hast du vergessen, dass die Band morgen in der Fußgängerzone auftritt.

– Stimmt.

Wahrheit musste Wahrheit bleiben.

– Wir haben eine Vereinbarung! Du lieferst uns morgen mit dem Equipment dort an. Und das heißt: Du holst uns mit dem ganzen Krempel in der Zenettistraße ab, hilfst uns einladen, klemmst dir die Sondergenehmigung für die Anfahrt hinter die Scheibe, chauffierst uns zur Alten Akademie, baust mit auf und machst für die nächsten zwei Stunden den Claqueur. Und ab morgen Abend darfst du mich wieder darum bitten, dir aus allen großen und kleinen Katastrophen deines Lebens herauszuhelfen. Jetzt bin ich erst mal am Zug, verstehst du das?

Ich schlug die Hacken zusammen.

– Klar. Du kannst dich hundertprozentig auf mich verlassen.

An einem Rosenmontag ging geschäftlich nicht viel, und so hatte ich Zeit genug, einige überfällige Arbeiten nachzuholen. Das Schaufenster musste umdekoriert werden, die Winterware musste endlich nach hinten. Im Frühling wuchs das Bedürfnis, die Wohnung mit einem neuen Stück auszustatten, einer von mir farblich aufgefrischten Kommode, einem Bauernschrank, Vasen, einem Gemälde mit Blumenmotiven – mit etwas, das einen die zehrende kalte Zeit vergessen ließ. Außerdem hatte ich meinen Anrufbeantworter abzuhören. Unter dem vielen Müll von Nachrichten befand sich wenigstens eine interessante: Die Hausverwaltung Wildgruber hatte angerufen. Eine Wohnung sei auszuräumen. Die Häuser, die Wildgruber betreute, waren allenfalls gehobener sozialer Wohnungsbau, aber Einrichtungen höheren Standards gingen auch nicht an einen Möbelabdecker wie mich. Da zerkratzten sich die Erben ihre Augen im Kampf um die besten Stücke. Ich meldete mich bei Wildgruber und sagte mein Kommen zu.

Dann tat ich, was ich bis zuletzt vor mir her geschoben hatte. Ich rief Stan an und bat ihn um ein Treffen. Am anderen Ende der Leitung herrschte zunächst Schweigen.

– Wo?

– Zwischen Schwabing und Schlachthof: Wie wäre es mit der Innenstadt?

Er blätterte in seinem Kalender, anschließend einigten wir uns auf den Aschermittwoch.

32

Pünktlich elf Uhr lief ich anderntags bei Julius auf. Ich hatte das T-Shirt mit der Aufschrift *Staff* angezogen, das ich noch von meinem letzten Einsatz als Roadie hatte. Als ich eintraf, saßen die drei alten Herren Julius, Henry und Onkel Tom noch beim Stützbier, um ihrem Gig ein solides Fundament zu geben. Sie waren nervös. Also verlor ich nicht viel Worte, sondern handelte. Mit einer Sackkarre ließ sich der ganze Krempel praktisch im Alleingang bewältigen.

Noch im Bus konnten sich die drei nicht einigen, wie das Konzert aufzubauen war. Onkel Tom war für den Knaller gleich zu Anfang, um das Publikum auf Betriebstemperatur zu bringen, Julius wollte einen ruhigen Blues, um die Flaneure in der Fußgängerzone anzulocken. Henry saß unentschieden dazwischen und lächelte achselzuckend mal nach links, mal nach rechts. Sein Gesicht war so runzlig und verwittert wie ein indianischer Medizinbeutel. Seine Mimik machte die Falten beredt, und oft schon hätte ich gern mehr von ihm erfahren. Das verweigerte er. Henry hatte viel erlebt, das wusste man, davon gab er jedoch nichts preis. Onkel Toms Abstürze hingegen waren stadtbekannt, immerhin war er als Gitarrist zeitweise eine lokale Berühmtheit gewesen. Er hatte sich wieder hochgerappelt und soeben den vorläufigen Höhepunkt seines sozialen Wiederaufstiegs erklommen. Nach zwei Jahren unter der Brücke arbeitete er sich vom Spüler zum Hilfskoch hoch.

Über die Kreuzstraße fuhr ich in die Fußgängerzone hinein. Julius lief vorneweg, um die Betrunkenen von der Stoßstange zu pflücken. Fasching in München ist eine traurige Angelegenheit. Während andernorts mit dem Umzug von Kapellen und Vereinen ein Gemeinschaftserlebnis gefeiert wird, Hexen, Urviecher und wilde Männer durch die Straßen stromern, streift sich der Münchner allenfalls das Matrosenhemd über. Lustig oder einfallsreich muss die Verkleidung bei uns nicht sein, man möchte mit bescheidenen Mitteln nur das Signal ausflaggen: Heute sauf ich mir gehörig die Hucke voll. Auch die rote Clownsnase ist entbehrlich, denn der Rüssel wird alkohol- und kältebedingt von selbst Pflümlifärbung annehmen. Für dieses Vorhaben, das der Einheimische gnadenlos durchzieht, braucht er keine Gesellschaft. Plaudereien und Scherze sind anstrengend und halten auf. Es genügt, Zwiesprache mit gefüllten Gläsern zu halten, bis sich das bayerische Bullern in ein bronchiales Grollen verwandelt hat, das von Gesten existenziellen Weltekels begleitet wird, die besagen, dass dieser ganze Fasching doch sowieso ein Schmarren sei.

Ruckzuck bauten wir auf. Julius machte mir Sorgen. Seine Gesichtsröte war vom Hektischen ins Apoplektische übergegangen. Er stand im Laderaum des Busses und stimmte zum wiederholten Mal seine Bassgitarre.

– Here we go, rief Onkel Tom.

Er hatte seine Gitarre umgehängt und stiefelte los.

– Hey, Moment noch, rief Julius.

Er hatte sich niedergekauert, als er jedoch sah, dass der andere nicht warten würde, fuhr er hoch, um ihm hinterherzulaufen. Dabei kam er keinen Zentimeter vom Fleck. Vielmehr krachte er Kopf voraus gegen den Metallholm der Deckenverstrebung und sank dahin zurück, wo er hergekommen war: auf die Knie.

– Den Bass, flüsterte er mit ersterbender Stimme.

Er übergab mir sein wertvollstes Stück, dann kippte er nach hinten weg und lag flach. Ich erschrak. Er starrte wie ein abgestochenes Tier nach oben, seine Pupillen bewegten sich nicht mehr. Ich tätschelte seine Backen, wurde dann heftiger und schüttelte seinen Kopf hin und her. Er kam wieder zu sich und versuchte sich aufzurappeln.

– Sag Tom, ich brauche noch ein bisschen. Aber bring schon mal den Bass auf die Bühne.

– Alles gut?

Julius nickte tapfer.

– Wird gleich wieder.

Ich ging los. Onkel Tom stand schon auf der Bühne, um die sich ein ungeduldiges Publikum versammelt hatte. Als ich hinaufsprang, kam Beifall auf.

– Julius hat was abgekriegt, es dauert noch ein paar Minuten, flüsterte ich ihm zu.

– Auf geht's, schrien sie von unten.

Jetzt durchzugeben, dass der Bassist wegen einer Unpässlichkeit nicht einsatzfähig sei, wäre der Tod dieses Auftritts gewesen. Onkel Tom erkannte das sofort und wusste, dass er nun loslegen musste. Ich machte Anstalten, den Bass in den Ständer zu stellen und von der Bühne zu verschwinden.

– Häng dir das Ding um und spiel, zischte er.

– Kann ich nicht.

– Dann tu wenigstens so, du Arschloch!

Natürlich hatte ich schon Erfahrungen mit der Luftgitarre gesammelt. Sie ist das einzige Instrument, das ich voll beherrsche. Der Luftbass musste allerdings anders bedient werden. Der Mann hielt sich mehr beim Schlagzeug auf, hampelte nicht herum, ging nicht in die Knie, riss auch sein Instrument nicht hoch – die Show machten andere. Der Bassist stand souverän wie ein Fels in der Brandung, er verrichtete seine Aufgabe mit abgebrühter Routine, half dem Schlagzeug, Melodien zu verstehen, und gab der Gitarre eine pulsierende Unterlage. Nur geschulte Zuhörer verstanden wirklich, was dieses Instrument leistete, die meisten spürten nur dann, wie wichtig sein Beitrag war, wenn der Bassist zu spielen aufhörte.

Ich baute mich neben Henry auf. Er flüsterte, ich solle mit ihm zusammen einsetzen. In dem Rhythmus, den er vorgebe, die oberste Saite wummern lassen.

Onkel Tom begann wie immer damit, um einen einfachen Riff herum, auf den er immer wieder zurückkam, seine Virtuosität auf der Gitarre vorzuführen. Er tupfte, orgelte, transponierte seine Melodie von einer Lage in die nächsthöhere und haute zwischendrin krachende Akkorde raus. Wenn das Publikum akzeptiert hatte, dass da ein Könner vorne stand, ließ sich jeder Gig nach Hause schaukeln. Diesmal spielte Onkel Tom sein Solo auch für mich, um den Bass möglichst lang zu vermeiden.

Endlich bekam ich den Blick wieder klar und traute mich ins Publikum zu gucken. Denen da unten schien nicht aufzufallen, dass von den drei Musikern einer nur ein Poser war. Ich entspannte mich und überlegte, wie ich meinen Auftritt anlegen sollte. Wenn nun schon das Schicksal die Rolle des Bassisten für mich vorgesehen hatte, dann durfte ich sie nach meinen Vorstellungen ausgestalten.

Genau genommen hatte ich mir eines schon immer gewünscht, und diesen Traum erfüllte ich mir nun. Ich drehte mir eine Zigarette, zündete sie an und klemmte sie gleich ganz oben am Hals zwischen die Saiten. Wie ein Räucherstäbchen glomm sie vor sich hin. Lässiger ging es nicht.

Unten im Publikum sah ich ein Einhorn auftauchen. Julius mit einer Riesenbeule am Kopf schob sich durch die Menge. Der Blick, den er auf mich gerichtet hatte, zeugte von großer Panik. Ich hielt den Daumen hoch und gab ihm ein Zeichen abzuwarten. Endlich kam unser Einsatz. Ich wummerte ein bisschen bei Henry mit, und Onkel Tom, der Julius nun auch bemerkt hatte, brachte das Ding schnell zu Ende.

Ich pflückte meine Zigarette vom Hals, stellte den Bass auf den Ständer, winkte kurz ins Publikum und sprang von der Bühne.

33

Anderntags ging ich zu Fuß ins Tal hinüber zum *Bräuhaus*, wo ich mit Stan für den Abend verabredet war. Die Kälte war so bitter, dass sie bis an die Knochen kam. Jedes Jahr hoffte man aufs Neue, dass man aus dem Winter glimpflich herauskommen würde. Aber der eisige Alte, der durch den Fasching ausgetrieben werden sollte, gab nicht so leicht auf. Wie auch sonst im Leben musste erst der Tiefpunkt erreicht werden, um zu einer Umkehr zu gelangen. Und dem strebten wir jetzt temperaturmäßig entgegen.

Im *Bräuhaus* waren die Fenster dampfig beschlagen, aus der Küche drangen Essensschwaden. Der Laden war gesteckt voll, die Stimmung gelöst, denn heute war überall Fischessen angesagt. Um zu kaschieren, dass man aus dem ersten strengen Fasttag eine Völlerei gemacht hatte, bemühte man nur noch die Wendung eines *traditionellen* Fischessens. Und der Fisch brauchte als angemessene Umgebung das Flüssige, vorzugsweise den trockenen Weißwein. Aber da der Oberbayer nun mal auf kein Hausgewächs wie einen Berchtesgadener oder Garmischer Riesling zurückgreifen kann, begnügte er sich eben mit reichlich Bier; man war ja bescheiden und wollte in der Fastenzeit nicht gleich von Anfang an über die Stränge schlagen.

Früher erkannte man den Aschermittwoch schon am Geruch. In den Stiegenhäusern stand fischiger Dunst, kulinarisch so verlockend wie ein Löffel Lebertran. Da die bayerische Hausfrau mit Meerestieren wenig anzufangen wusste, ummörtelte sie das Seelachsfilet mit einem Panadepanzer. So kam es als kompaktes Teil mit dem Charme eines Schnitzels auf den Tisch, und man musste sich nicht mit den trockenen Fischrippen abgeben, die wie umgefallene Dominosteine auf die Vorlegeplatte drapiert waren.

Stan hatte einen Ecktisch reserviert. Wir wurden vom Kellner geradezu hofiert, denn Stan war vom Geschäftsführer als Kollege bereits erkannt und gebauchpinselt worden.

Ich war angespannt. Wie ich die Sache anpacken sollte, war mir bis zuletzt nicht klar geworden. Stan machte keine Anstalten, sich aus der Reserve locken zu lassen oder mit mir kumpelhaft zu fraternisieren. Wie Geschäftspartner saßen wir uns gegenüber. In solchen Situationen stellt man erst fest, wie sperrig Salatblätter sein können, wie rutschig der Soßenspiegel einen Teller macht, sodass die Petersilienkartöffelchen in alle Richtungen auskeilen, statt sich mit der Gabel zerdrücken zu lassen, wie wenig wir uns stilmäßig von den Hominiden unterscheiden, wenn wir Gräten aus dem Mund pulen. So arbeitete ich mich am Materialwiderstand ab und bekam den Kopf nicht frei.

Schließlich war auch das geschafft, und Stan schaute in seine Espressotasse, die er beständig drehte. Er trocknete unser Gespräch jetzt systematisch aus, indem er jegliches Konversationsgeplänkel verweigerte und mich so in Zugzwang brachte.

– Unser Treffen neulich hat viel in mir aufgewühlt, begann ich.

Er blickte auf und wartete.

– Ich habe damals einen großen Fehler gemacht.

Er nickte.

– Ich kann mein Problem in eine einfachen Frage bringen.

Er schob auffordernd das Kinn vor.

– Das mit Innerkofler damals, dieser Unfall: Hast du den inszeniert?

Ich beobachtete ihn genau. Sein Blick flackerte auf, irgendetwas zündete in ihm. Dann aber lehnte er sich entspannt zurück, wie einer, der Schlimmeres erwartet hatte. Er hob die Hand und machte dem Kellner ein Zeichen, dass er zahlen wolle. Dann beugte er sich vor.

– Hör zu, Gossec. Es mag ja schmerzlich für dich sein, aber du bist nichts weiter als eine Null. Eine Niete. Und jetzt bist du in dem Alter, in dem dir klar geworden ist, dass du deine Trümpfe sinnlos verheizt hast. Und weil das so ist …

Er schob dem Kellner einen Schein zu und nickte.

– … versuchst du dein Lebensdrama mit einer aufgemotzten Moralstory zu bemänteln. Mehr habe ich zu diesem Thema nicht zu sagen.

Er erhob sich, machte Anstalten zu gehen, wendete sich mir dann aber doch noch einmal zu.

– Wenn dich das so umtreibt, dann finde doch heraus, was war.

Damit verließ er das Lokal.

Herausbekommen hatte ich nichts, aber ein längst überfälliger Schritt war getan. Ich fühlte mich erleichtert.

34

Darauf, dass Julius sich für meine Roadiedienste mit einer Recherche erkenntlich zeigen würde, war Verlass. Was er aus dem Netz gefischt hatte, konnte sich sehen lassen. Danach deutete einiges darauf hin, dass Eyerkauff als junger Sicherheitsbeamter der Mannschaft zugeordnet war, die für den Schutz des damaligen Ministerpräsidenten Franz Josef Strauß zuständig war. Welcher Art die Verdienste waren, die er sich dabei erworben hatte, blieb im Dunkeln, aber bald danach war er als Berater gesucht, wenn es um den Personenschutz ausländischer Staatsbesucher ging. Nach einigen Jahren als Sicherheitschef der deutschen Botschaft im Vatikan kehrte er nach München zurück. Man sagte ihm Ambitionen auf einen der hohen Posten des Bundesnachrichtendienstes nach, berufen wurden allerdings andere. Kurzzeitig war er als Nachrichtenhändler tätig. Schließlich hatte man einer Anfrage im Bayerischen Landtag zufolge für ihn im Innenministerium eine Stabsstelle eingerichtet, auf der er mit eigenem Budget schalten und walten konnte, wie er wollte. Berichtspflichtig war er nur dem Minister gegenüber, seine Abteilung allerdings blieb eine Ein-Mann-Veranstaltung. Das roch danach, dass man einem verdienten Mitarbeiter, der sicher auch die eine oder andere heikle Information in der Hosentasche hatte, ein Austragshäuschen spendieren musste.

Einfach hingehen und mir wieder Schläge abholen, kam nicht mehr in Frage. Lange zermarterte ich mir den Kopf, wie vorzugehen wäre. Dann entschloss ich mich, einen Köder auszulegen. Ich schaltete im Bayerischen Staatsanzeiger eine Anzeige: *Die Macht der Böhmerwaldloge. Broschüre erhältlich*. Zur Kontaktaufnahme setzte ich meine Telefonnummer hinzu.

Nun brauchte ich nur ein wenig Geduld.

Ich schaute auf die Uhr. Es ging auf Mittag zu, Zeit, die Wohnung auszuräumen, die mir Wildgruber genannt hatte. Sie befand sich in Sendling in der Albert-Roßhaupter-Straße. Sie würde bald wieder als *verkehrsgünstig gelegen* auf den Mietmarkt gebracht werden, auch wenn sich das über jeden anderen Arsch der Welt auch sagen ließ.

Wildgruber führte mich nach oben und sperrte die Wohnung auf. Das Grinsen, mit dem er mich begrüßte, hatte mich noch einmal zum Bus zurückgehen gelassen, um den Vorschlaghammer mitzunehmen. Unbrauchbares schlug ich gleich an Ort und Stelle kurz und klein, da wurde nicht lange gefackelt. Lieber ging ich mit einem Müllsack zweimal die Treppen hoch, als mir mit einem zu schweren Teil das Kreuz zu verrenken. Die Maßnahme erwies sich schnell als richtig: Die Küche war eine Katastrophe in vergilbtem Resopal und das Wohnzimmer eine in originaler Baumarkt-Eiche. Der

Fernseher fehlte bereits und hatte nichts weiter als einen rußigen Umriss hinterlassen.

– Hat die Nachbarin gekriegt, sagte Wildgruber.

Er öffnete das Schlafzimmer.

– Jetzt kommt's!

Der Raum war dunkel, weil die Rollläden heruntergelassen waren. Wildgruber knipste das Licht an. Seit meinem letzten Besuch in der Wieskirche hatte ich nicht mehr so viele Engel auf einem Haufen gesehen. Ein Spot erleuchtete den Engelsschwarm, der sich zu einem Formationsflug direkt über dem Bett zusammengefunden hatte. Mit weißem Tüll war eine Wolke drapiert worden, auf der einige Putten, erschöpft von ihrem munteren Treiben, sitzend Platz gefunden hatten. Die Idee dieser ätherischen Installation war der Blick in den Himmel vom Bett aus.

– Kein neuer Mann, aber vier Katzen.

Wildgruber hatte die probate Erklärung ebenso parat wie die dazugehörige Frage.

– Manderl oder Weiberl?

Die Engelchen waren allesamt nackig, aber eben nicht ganz. Immer bedeckte ein flatterndes Lendentuch, der vorgeschobene Oberschenkel oder die Hand die Stelle der Wahrheit. Und für sekundäre Geschlechtsmerkmale, wie Brüste oder Brusthaare, waren die Wesen noch entschieden zu jung.

– Viel Spaß, sagte Wildgruber, klopfte mir auf die Schulter und machte sich davon.

Damit hatte er mir eine schwere Bürde aufgeladen. Meine verstorbene Mutter gehörte der gutkatholischen Generation an, die altes Brot nicht wegwarf, sondern verbrannte, weil es als biblisch verbrieftes Grundnahrungsmittel auch irgendwie heilig war. Ihre Erziehung war insoweit auf mich gekommen, als ich massive Hemmungen gegenüber religiösen Symbolen und Kultgegenständen hatte. Ich brachte es nicht über mich, das Engelsgeschwader in den Gipsstaub zu verwandeln, aus dem es gekommen war, auch wenn mein Ladensortiment mit den Figuren ins leicht Bigotte abrutschte.

Den Rest allerdings machte ich umso gründlicher klein und entsorgte ihn auf dem Wertstoffhof.

35

Emma hatte ich nun schon einige Tag vertröstet. Ich rief sie an. Ihre spitzen Bemerkungen meines Verhaltens wegen ließ ich an mir abperlen. Mir war klar, dass es schon einer aufwendigeren Aktion bedurfte, um sie nicht komplett einschnappen zu lassen. Ich sagte, ich würde groß aufkochen, und lud sie zu einem nachgeholten Fischessen ein.

Noch am selben Abend besuchte sie mich. Wir nahmen einen Aperitif.

– Stan und du, habt ihr euch nun ausgesprochen?, fragte sie.

Ich hatte mir vorgenommen, sie nur im äußersten Notfall anzulügen.

– Ich für meinen Teil bin alles losgeworden, was ich loswerden musste. Aber Stan hat da nicht mitgezogen.

Sie verdrehte die Augen gen Himmel.

– Die Mysterien einer Männerfreundschaft werde ich nie ergründen.

Aus der Küche drang ein unguter Duft. Bei allem Respekt vor dem Aufwand, den ich getrieben hatte; es roch einfach nur säuerlich nach schon etwas überständigem Fisch *nature.* Dabei versprach das Rezept, das ich gewählt hatte, Stockfisch nach Art der Mönche von Alcántara. Die gewässerten und gebratenen Fischstücke wurden auf ein Kartoffel-Spinat-Bett gelegt und mit einer Öl-Mandel-Knoblauch-Creme zugedeckt. Ich hatte schon beim Wässern dieses Drachenflügels kein gutes Gefühl gehabt. Was ich da beim Wasserwechsel in den Ausguss kippte, stieg mir so pökelig und tranig wie Fischmehl in die Nase. Als ich den Auflauf im Rohr begutachtete, stellte ich fest, dass der Spinat zu suppen begonnen hatte und wie Entengrütze oben schwamm. Auch die Creme war ausgeflockt.

Ich wollte dem Teil noch eine Viertelstunde und damit eine letzte Chance geben. In dieser Zeit versuchte ich Emma in kurzen, klaren Worten zu erzählen, wie ich die Tage seit unserem Kabarettbesuch verbracht hatte.

– Wieso erzählst du mir erst jetzt davon?

Zum Glück für mich klang ihre Stimme besorgt.

– Weil ich das Gefühl hatte, meine Katastrophen alleine ausbaden zu müssen. Ich wollte dich da nicht mit hineinziehen.

– Auf dergleichen sollte man sich gar nicht erst einlassen.

– Aber Wolfertshofer fühlte sich bedroht und hat mich um Hilfe gebeten. Leider konnte ich ihn nicht retten. Das ist der Punkt!

– Warst du dabei, als sie ihn umgebracht haben?

– Ja und nein. Der Täter hat mich niedergeschlagen. Ich lag bewusstlos in der Wohnung, als er umkam.

– Und die Polizei?

– Hat festgestellt, dass es in der Wohnung von Spuren nur so wimmelt. Auch von mir. Aber dass ich Wolfertshofer nicht angefasst habe, konnten sie erhärten.

Emma seufzte. Das klang genau so wie Dieselhofers Stöhnen, das sich seiner Brust entrungen hatte, als ich ihm vorgeführt wurde: Auf welchen Wegen, Gossec? So hätte ich auch gern mal gestöhnt! Dabei blieb mir das Wirken der Schicksalsmächte ein ebenso großes Rätsel, was mir aber nicht weiterhalf, weil es doch immer um mich ging. Ich stand stets genau da, wo der Blitz einschlug. Wenn einer draußen im Hasenbergl Streit bekam, sich in seinem Mörderzorn einen Schlagring überzog und irgendwohin losfuhr, um irgendeinen, der ihm irgendwie auf den Senkel gehen würde, fertigzumachen, dann erging der Ruf des Schicksals auf geheimnisvolle Weise an mich. Ich war derjenige, der genau zum rechten Zeitpunkt in der U-Bahn stand, und war derjenige von zwanzig anderen, der so provozierend schaute, dass der Schläger sofort zuhauen musste. Diese Rolle suchte man sich doch nicht selbst aus.

– Ich will wissen, was dir zustößt. Oder vertraust du mir nicht mehr?

– Bei Gewitter sollte man sich nie unter einen Baum stellen, verstehst du? Dem Blitz ist das egal, was sonst noch zu Bruch geht. Wer darunter oder daneben steht, kriegt auch was ab.

– Und wie geht es nun weiter?

– Verantwortlich fühle ich mich immer noch. Der Täter muss gefasst werden. Bis dahin bin ich nicht aus der Schusslinie. Gib mir ein bisschen Zeit, bis wir sicher sein können, dass nichts auf dich durchschlägt.

– Na gut.

Eine kokelige Geruchswand schob sich aus der Küche heran. Das hatten sich die Mönche von Alcántara anders vorgestellt. Ich versuchte zu retten, was noch zu retten war, und richtete die besten Stücke auf zwei Tellern an. Emma nahm einen Happen vom Stockfisch und wiegte den Kopf. Ich beobachtete sie genau. Das Gericht war so missraten, dass nicht einmal dem freundlichsten Menschen ein Lob über die Lippen schlüpfen konnte. Um das rückstandlos hinunterzuwürgen und verdauen zu können, hätte man zwei Flaschen eiskalten, mit Knoblauch gewürzten Wodka gebraucht. Ich zog ihr den Teller weg.

– Lass gut sein! Du musst nichts sagen, ich weiß es auch so: Das Essen ist eine Katastrophe.

Emma nickte und lachte.

Man sollte schlechte Erfahrungen nie über das nötige Maß hinaus verlängern. Ich kippte den Inhalt der Teller in die leicht geschwärzte Reine zurück und schmiss das Ding kurzerhand draußen in die Tonne.

– Wir gehen essen, ich lade dich ein. Was möchtest du?

– Zum Inder.

Damit waren, für diesen Abend zumindest, alle Probleme gelöst.

36

Ziemlich gehemmt stand ich anderntags in der Küche, um mir nach dem kulinarischen Debakel des Vorabends einen Mittagsimbiss zu bereiten. Mit einer Handvoll Nudeln und einer Fertigsoße konnte man nichts falsch machen. Ich hatte noch ein Gläschen Arrabiata im Haus, das für den Orientierung suchenden Hobbykoch mit einem Bömbchensymbol auf dem Etikett ausgestattet war. Für den amerikanischen Markt war die Warnung *Caution – Extra Hot!* angefügt. Pudel, empfindliche Gesichtshaut und weiße Unterwäsche durften mit dieser Soße nicht in Berührung gebracht werden.

Trotz des schönen Abends vom Vortag fühlte ich mich unwohl. Die Rechnung des gestrigen Abends zierten so viele Biere, dass der Beleg schon aus Gründen der Selbstachtung für das Finanzamt nicht zu gebrauchen war. Auf meinem Kopf lastete ein Gewicht, als hätte ich darauf ein Bügeleisen zu balancieren. Offenbar vertrug ich ein solches Quantum nicht mehr. Ob das nun ein gutes Zeichen war, weil sich der Körper regeneriert und neu sensibilisiert hatte, oder ein verdammt schlechtes, weil die Leber schon so hinüber war, dass nichts mehr ging – darüber konnte man nur ein Orakel werfen. Ich legte den Kochlöffel beiseite und stützte mich an der Spüle ab. Dann trank ich ein Glas Wasser.

Man wurde in seinen Empfindlichkeiten wunderlich. Oder war da jemand? Plötzlich wurde das Bedürfnis überstark, mich zu vergewissern, ob mein Laden zugesperrt war. Ich nahm den Topf vom Herd und tastete in meiner Hosentasche nach dem Schlüssel. Als ich ihn herauszog, fiel er zu Boden. Ich bückte mich, um ihn aufzuheben. Dabei meinte ich einen

Moment lang helle Schuhe hinter dem Kirschholzschrank im Nebenraum bemerkt zu haben.

Panik stieg in mir hoch. Zugleich schämte ich mich, denn feige war ich noch nie gewesen. Aber wie auch das Vieh durch einen Geruch, einen veränderten Luftdruck oder was auch immer etwas Ungutes heraufziehen spürt, so ging es mir jetzt. Oder war ich verrückt? Wenn einzelgängerische Pegelsäufer wie ich plötzlich wieder an ihren Stoff gekommen waren, passierten die wunderlichsten Dinge. Ich beschloss, meine Abstinenz nun wieder konsequenter durchzuhalten.

In dem kleinen Leitfaden für den Projektmanager, den ich neulich in meiner Bücherkiste gefunden und durchgeblättert hatte, war als dritte Kardinaltugend die Fähigkeit zum *Reality-Check* aufgeführt. Etwas Besseres fiel mir nicht ein, also folgte ich diesem Fingerzeig.

Ganz langsam ging ich zur Ladentür. Bei alten Schlössern wie diesem sah man, dass es nicht zugesperrt war. Ich hätte jedoch schwören mögen, dass ich vorhin zugeschlossen hatte. Geschäftigkeit vorgebend, fummelte ich am Rollo herum und öffnete dann die Tür, als wollte ich nur ein wenig frische Luft hereinlassen. Da hörte ich das Knarren einer Holzbohle.

Meinen Laden kannte ich auswendig, dieses Geräusch konnte nur von der Schwelle zum Gang herrühren. Gleich neben dem Eingang stand eine Schale mit Glasmurmeln. Ich griff mir eine, drehte mich und warf noch aus der Hüfte in die Richtung, in der ich den Eindringling vermutete. Ein Schmerzensschrei ertönte, gefolgt von einem wüsten Fluch. Ich hechtete kurz entschlossen zur Tür hinaus. Keinen Moment zu früh. Zwei Schüsse krachten, und Geschirr splitterte. Ich rollte mich zur Seite.

Gelobt seien das Projektmanagement und seine Weisheiten!

Als es gekracht hatte, war ich wieder ganz der Alte, meine Hand so ruhig, dass ich den dicksten Zwirn durch das engste Nadelöhr bekommen hätte. Ich linste nach drinnen. Mein prachtvoller Majolikakrug lag in Scherben. Es war unwahrscheinlich, dass der Eindringling mich so weit verfehlt hatte, er wollte offenbar Warnschüsse abgeben, um mich ihm vom Leib zu halten. Von drinnen hörte ich, dass sich jemand im Laufschritt davonmachte. Ich griff mir das Stück Pflasterstein, das neben mir lag, und rannte hinterher. Der Flüchtige riss Kleiderständer und Schuhschrank hinter sich um, um die Verfolgung zu behindern. Auch sonst fackelte er nicht lange und trat die Hintertür zum Hof krachend auf.

Ob ich mich in Gefahr begab, war mir scheißegal. Ich wollte den Kerl erwischen. Ein Furor trieb mich hinterher. Über Mäntel und Schuhe hinweg erreichte ich das Freie. Ich sah eine schlanke Gestalt, wahrscheinlich männlich, in unauffälliges Grau gekleidet, die sich in einem Klimmzug auf die Hofmauer geschwungen hatte und auf die andere Seite hinunter sprang. Diese Aktion wirkte leicht, der Mann athletisch, denn ohne Leiter hatte ich das bislang nicht geschafft.

Aber ich hatte Hirn. Nebenan gab es nur einen Ausgang, nämlich den zur Straße. Ich rannte wieder zurück. Trotzdem kam ich zu spät. Vielleicht hatte der Eindringling einen Helfer gehabt, der ihn im Wagen erwartete, jedenfalls sah ich einen schwarzen Van mit getönten Scheiben vorbeibrausen. Ich rechnete mir noch eine Chance aus und sprintete hinterher, weil er vorne an der Schmellerstraße anhalten musste. So war es. Er bog nach rechts ab. Das Einzige, was ich deutlich sehen konnte, war, dass das Nummernschild verhängt war. Wutentbrannt schleuderte ich meinen Steinbrocken hinter ihm her. Die Rückscheibe krachte und splitterte, der Wagen beschleunigte dennoch und bog mit quietschenden Reifen in die Tumblinger Straße ein. Und damit war er verschwunden.

37

Dieselhofer tigerte in meinem Laden auf und ab. Ich kannte diese Miene und hob abwehrend beide Hände.

– Bitte sagen Sie jetzt bloß nichts! Es deprimiert mich, verstehen Sie das?

Er war erstaunt, dann nickte er.

– Wir müssen natürlich noch auf das Labor warten, aber mein Riecher sagt mir, dass wir hier denselben Täter wie bei Wolfertshofer haben.

– Und das heißt?

Dieselhofer wurde grantig.

– Ja, Herrgott, jetzt sagen Sie doch schon, was der von Ihnen will.

Ich warf ihm die Bayerische Staatszeitung hin und tippte auf mein Inserat.

– Das da womöglich. Er möchte einen Mitwisser der Böhmerwaldloge ausschalten. Wolfertshofer hat vielleicht wirklich was spitzgekriegt, ich tu nur so. Aber das reicht. Eine andere Gemeinsamkeit gibt es nicht. Oder wissen Sie mehr?

Dieselhofer machte sich keine Mühe, sein Urteil in Höflichkeiten zu kleiden. Er zeigte mir den Vogel und pfiff wie der gleichnamige Jakob dazu.

– Gossec, Sie sind doch sonst ein vernünftiger Mensch.

– Haben Sie was Einleuchtenderes?

Dieselhofer zuckte die Achseln.

– Nicht wirklich. Nur Erfahrung. Meistens geht es doch um Geld. Und ein paar interessante Sachen haben wir da schon herausgefunden.

– Sagen Sie schon!

– Auf Wolfertshofers Konto sind große Summen hin- und hergeschoben worden. Im Endeffekt ist allerdings mehr abgegangen. Zu viel! Der Mann stand vor dem Offenbarungseid. Jetzt frage ich Sie: Was hat der mit seinem ganzen Geld gemacht?

– Keine Ahnung.

Dieselhofer fuhr den Zeigefinger aus und schnalzte mit der Zunge.

– Das ist der Punkt. Und da will ich mehr wissen. Nicht von dem anderen Schmarren.

Er schaute auf die Uhr. Dann zog er hastig den Reißverschluss seiner Dienstjacke nach oben.

– Ich muss zum Sport.

– Feierabend-Work-out?

Er verzog keine Miene und tippte mit zwei Fingern salutierend an seine Stirn. Dann verschwand er.

38

Am Vormittag des nächsten Tages beehrte endlich wieder einmal Kundschaft meinen Laden mit einem Besuch. Das Männlein im grauen Anzug mit freundlicher Ausstrahlung lehnte jedoch meine Hilfe ab und sagte, er wolle sich selbst bei mir umsehen. Sein Interesse galt Büchern und Zeitschriften. Jedes Stück nahm er in die Hand und besah es so gründlich, als wollte er eine Handkartei für meinen Bestand erstellen. Ich kannte diesen Typ Sammler. Wie Goldwäscher sieben sie das ganze Sortiment durch, um dann schließlich mit einem zerfledderten Heftchen für einsfuffzig anzukommen. Enttäuscht wendete ich mich ab und widmete mich der Zeitung und meinem Kaffee. Gedanklich war ich jedoch ganz beim Telefon, ich gierte geradezu nach einem Anruf auf mein Inserat hin.

Nach einer halben Stunde hatte ich das Männlein fast vergessen, denn er hatte sich mit seiner unauffälligen Art so inventarisiert, dass man glauben mochte, er habe schon immer dazugehört. Zu meiner Überraschung bemerkte ich, dass er sich nun doch zu den größeren Stücken vorgekämpft hatte. Er sah die Ölgemälde durch. Schließlich grub er ein kurioses Stück aus, ein Wittelsbacher Erotikon, das den Prinzregenten Luitpold beim Baden in der Zipfelsbach-Gumpe zeigt. Der ansonsten unbekannt gebliebene Künstler hieß Lohmann und war mit Sicherheit dem republikanischen Lager zuzurechnen. Seinen antiroyalen Impetus mochte man auf den Nenner bringen, dass in der Gumpe alle so gleich waren, wie der Herr sie nach seinem Ebenbild geschaffen hatte.

Das graue Männlein stand mit dem Bild vor meiner Theke.

– Ernstel, mein Name.

– Was kann ich für dich tun, Ernstel?

Unter Schmerzen blickte er mich an und fingerte aus seiner Brusttasche eine Visitenkarte. Danach hatte ich es mit Hugo Ernstel aus der Kanzlei Landsdorfer und Partner zu tun.

– Das Bild könnte meinen Chef, Herrn Landsdorfer, interessieren.

– Meine Empfehlung an den Herrn Chef!

Ein weiteres Mal zerfurchte sich sein Gesicht peinvoll. Ernstel litt unter den fortwährenden Missverständnissen, die ihm die Welt zufügte.

– Sie könnten es ihm doch persönlich präsentieren. Ihr Schaden soll es nicht sein …

Er holte einen säuberlich gefalteten Hunderter aus dem Jackett und schob ihn über die Theke. Ich nahm ihn an mich und deutete auf die Karte.

– Unter dieser Adresse?

– Warum nicht gleich heute Nachmittag, fügte Herr Ernstel an.

Ich nickte.

– Vier Uhr? Auf ein Tässchen Kaffee …

Herr Ernstel reichte mir die Hand und ging genauso grau, wie er hereingekommen war.

39

Der Adresse nach, die Herr Ernstel mir gegeben hatte, lag Landsdorfers Kanzlei im Herzogpark. Die Bewohner dieses kleinen Viertels gäben viel darum, wenn ihr Wohnort von den Stadtplänen verschwände. Dort reibt man sich die Hände, wenn von Grünwald oder Bogenhausen als Reichenquartier die Rede ist. Hinter deren Ruf würde man sich gerne verstecken, um in der Freude an den eigenen Talerchen möglichst unbehelligt zu bleiben.

Gerne kleidet der Münchner seinen Reichtum in die folkloristische Architektur eines bäuerlichen Landhausstils. Man bemüht sich um Volksverbundenheit und vermeidet alle Anzeichen von Distanzierung. Reich ist man wohl, man könnte sich auch doppelt so viele Weißwürste wie andere auf den Tisch kommen lassen, aber der Herrgott hat dem Menschen eben nur einen Magen gegeben. Diese Botschaft schätzt der Münchner.

Die hanseatische Hausherrin in ihrer Alstervilla hingegen kann es sich leisten, noch im Unterrock dazustehen, wenn die Gäste klingeln. Die Besuchergruppe wird gut und gern zehn Minuten brauchen, bis sie sich, auf mäandernden Wegen und über zahlreiche Stufen, vom Gartentor zur Hauspforte hochgekämpft hat. Der Hitze treibende Angang hat den pädagogischen Sinn, die Grundbegriffe sozialer Distinktion wie oben, unten, groß und klein in einem Parcour erfahrbar zu machen, und bietet dazu, himmelwärts die strahlend weiße Villa der Gastgeber vor Augen, ausreichend Gelegenheit, sich in praktischer Demut zu üben.

Im Herzogpark jedoch haust so viel Geld, dass auch die

Kulissen unserer bayerischen Komödienstadel-Architektur unzureichend geworden sind. Angst hat sich dort eingenistet; man stattete die Bauten daher so wehrhaft wie Bunkeranlagen aus. Würde Thomas Mann dort immer noch spazieren gehen, besäßen wir auf den Servern der Überwachungsfirmen ein vollständiges Videoprotokoll seiner Promenaden. Das Schönste, was sich über den Herzogpark sagen lässt, ist, dass er einen robusten, von jahreszeitlichen und konjunkturellen Schwankungen unbeeinflussten Arbeitsmarkt für Hauspersonal aller Art bietet. Ob es die dem Viertel innewohnende natürliche Tendenz oder einfach nur die Rache neiderfüllter Stadtplaner gewesen ist, lässt sich nicht mehr feststellen, aber die Nobelgegend hat, wie gewachsen, die Form eines im Norden Münchens rechts der Isar liegenden Schweinelendchens angenommen.

Als ich mit meinem alten Bus in das Sträßchen einfuhr, war mein Nummernschild vielleicht schon einem Sicherheitsscan unterzogen worden. Um Missverständnisse zu vermeiden, wäre es ratsam gewesen, das Führerhaus des Busses mit erhobenen Händen zu verlassen. Mit einem halb nackigen Prinzregenten unterm Arm war das allerdings nicht zu bewerkstelligen.

Herr Ernstel öffnete die Tür, als ich klingelte. Hatte man von außen noch den Eindruck, dass das aus Stahlbeton gegossene Haus mindestens noch eine Klinik oder ein Hotel beherbergte, wurde man innen eines Besseren belehrt: Landsdorfer war Herr einer Großkanzlei, die das gesamte Anwesen beanspruchte.

– Ich bringe Sie ins Wartezimmer, sagte Herr Ernstel.

Der Gang war mit hellbraunen Steinplatten ausgestattet, in

der Mitte waren weiche rote Läufer ausgelegt. Von Anfang an hechelte ich mit meinem Wirklichkeitsverständnis der Situation hinterher, die sich mir bot. Als hätte man eine Komparserie in Bewegung gesetzt, traten Frauen und Männer mit Akten unter dem Arm aus den Räumen, querten den Gang und schenkten mir und meiner Sauerei in Öl ostentativ keine Beachtung. Aber man war ja noch nicht so stumpf und dumpf, dass man die Zeichen nicht verstanden hätte: Jemand wie ich hatte hier nichts zu suchen. Ohne sich wehren zu können, rutschte man in Bedeutungslosigkeit ab, die allerdings in einem, wenn man ganz unten angekommen war, schon aus reinem Trotz den Drang weckte, sich hier doch noch als nützlich zu erweisen. Man hätte den Herrschaften ja eine kleine Brotzeit besorgen, vielleicht auch den einen oder anderen Bleistift spitzen oder Schuh putzen können, irgendetwas jedenfalls, das mir die reelle Chance bot, an das soziale Limit von uns Prekariatsbrüdern zu gehen und zu dem mir innewohnenden menschlichen Optimum eines guten Kerls vorzustoßen.

Ich trottete hinter Ernstel her. Sofern ich nicht gerade mit dieser Umgebung haderte, staunte ich. Landsdorfer gehörte offenbar zu den Menschen, die lebenslang Auszeichnungen und Urkunden bekamen. Vom goldenen Kochlöffel beim Topfschlagen über das Ehrenpaddel des Kanuclubs bis zum Talar des Fellows war alles aufgeboten und in Vitrinen und Rahmen präsentiert, was er eingeheimst hatte. Auf kleinerem Raum in Kisten arrangiert, hätte unsereiner damit einen schwunghaften Trödelhandel betreiben können. Ernstel geleitete mich in einen Raum, dessen Wände eine Unzahl gerahmter Fotografien schmückte.

– Er kommt gleich.

Ernstel hob grüßend die Hand und verschwand. Ich stellte das Bild ab und stand von nun an ziemlich dumm herum. Wenn man alleine war, fiel das niemandem auf, aber von ihrem Edelholztresen aus hatte mich eine Empfangsdame ständig im Blick. Man möchte seine Präsenz rechtfertigen, bemüht sich um Haltung und gerät unwillkürlich in eine schräge Nummer mit dem Titel: *Ich weiß nicht wohin mit den verdammten Händen!* Die Arme vorne auf der Brust verschränkt zu halten, wirkte zu herrisch, Hände in den Hosentaschen kamen zu schlampig rüber, an der Hosennaht zu militärisch, nach hinten genommen zu sehr als Herrenreiterpose. Außerdem war man nicht Thomas Mann und hatte zudem die Schweinslederhandschuhe vergessen. Die Gorillastellung, wie sie Männer gerne im Sitzen einnehmen: bequem zurücklehnen, Hände als Kopfstütze hinter den Hals legen, verbot ich mir schon im Ansatz.

– Kann ich helfen?

Sicher hatte sie meine Unsicherheit bemerkt und stand nun in der Tür.

– Tasse Kaffee vielleicht?

Ich wischte mit meinen Händen an der Hose herum, als wären sie fettig oder feucht. Wenn ich etwas wirklich gebraucht hätte, dann einen Schraubenschüssel oder irgendein anderes großes Teil, das dank seiner Funktion die Frage erübrigte, wer man sei und was man hier tue.

– Bitte.

Sie lächelte.

– Vielleicht möchten Sie da mal reinsehen?

In der Ecke stand ein Pult so altdeutsch-barock, wie es Faust schon in seiner Studierstube stehen hatte. Obenauf war ein in schwarzes Leder gebundenes Buch ausgelegt. *Hier eintragen!* lautete der klare Hinweis dazu. In einem beigegebenen Informationsblatt, für das eine beeindruckende Reihe hochkarätiger Persönlichkeiten verantwortlich zeichnete, wurde gefordert, Franz Josef Strauß nun endlich in die Walhalla aufzunehmen. Keine Frage, wenn er sich dort noch nicht aufhielt, war etwas gründlich schiefgelaufen. Nach unserer Väter Sitte, die noch in den Wälder hausten, waren es die Walküren, die tapfere Recken vom Schlachtfeld weg in Odins Burg Walhall brachten. Deren Aufgabe hat nun der Bayerische Ministerrat übernommen, und er entscheidet mit einfacher Mehrheit über Neuaufnahmen. Auch Odins Sitz ist über Jahre kultivierter geworden und blickt nun als griechisches Tempelimitat von seinem Hügel in Donaustauf auf den Fluss hinunter. Drinnen werden auch nicht mehr Bier und Met, sondern Prospekte gereicht.

Endlich betrat Landsdorfer den Raum, und ich war erlöst. Wir gaben uns die Hand. Sein grauer Rundschädel war kurz geschoren, und der seltsamerweise schwarz gebliebene Schnauzer überwölbte seine Oberlippe so prachtvoll buschig wie das Original von Nietzsche. Er packte entschlossen zu. Irgendwo in den Alpen musste es gelungen sein, original bayerische Kaschmirziegen zu züchten, anders war die samtige Anmutung seines Lodenjankers nicht zu erklären. Ich wollte gleich das Bild vor ihn hinstellen, um die Sache zu Ende bringen. Er machte jedoch keine Anstalten, sich dafür zu interessieren.

– Die Leute von der Handelskammer sind jetzt da.

Jeder Widerspruch war von vornherein abschlägig beschieden. Hände an der Hosennaht wäre nun doch angebracht gewesen. Er deutete mit dem Finger auf mich.

– Sie warten aber, bitte schön! Ich muss mit Ihnen reden.

Man zuckte in solchen Fällen die Achseln und beugte sich höherer Fügung, weil die sowieso alles besser wusste.

Er machte sich nicht einmal die Mühe, die Tür zu schließen, und ich stand wieder allein im Wartezimmer. Die nette Dame kam herein und brachte den Kaffee. Schon nach einer Weile war ich wieder beschäftigungslos und begann im Raum herumzuschlendern, um mir die Fotos an der Wand anzugucken. Landsdorfer vor dem Parlament, mit Oma, mit vollem Haupthaar, in Badehosen, vom Balkon des Münchner Rathauses winkend. Kaum einen der anderen Abgebildeten kannte ich, wichtig waren sie sicher alle. Einen jedoch glaubte ich deutlich ausmachen zu können, auch wenn der massige Schädel nur von hinten ins Bild gesetzt war: Franz Josef Strauß an einem lang gezogenen Restauranttisch. Ihm gegenüber der noch jung wirkende Landsdorfer, der das Bierglas hebt. Ich nahm das Bild herunter, um es genauer zu studieren. Als ich es umdrehte und die Widmung las, fuhr mir ein heftiger Schreck in alle Glieder. *Lang lebe die Böhmerwaldloge*, stand da. *Ad multos annos.* Die Unterschrift war unleserlich, weil sie von einem weißen Band überklebt war. Zittrig hängte ich das Bild zurück. Unfähig zu jeder Reaktion stand ich da, innerlich jedoch fast berstend vor Aufregung.

Ich war in eine Falle gelaufen.

Dann gab ich mir einen Ruck. Zunächst schloss ich die Tür, nahm dann die Fotografie an mich und hängte an die frei gewordene Stelle eine andere aus einer größeren Gruppe von Bildern, die bis fast an die Decke hinaufreichten. Bei der hier ausgestellten Menge würde das nicht sofort zu bemerken sein, es sei denn, man suchte gezielt das Böhmerwaldfoto.

Ich streckte den Kopf nach draußen. Glücklicherweise war der Platz hinter der Empfangstheke leer. Ansonsten liefen geschäftige Menschen hin und her, alles wie gehabt. Ich packte meinen Prinzregenten unter den Arm und ging, ostentativ unbeachtet wie zuvor, meiner Wege. Für die Kamera machte ich auch draußen vor der Tür den gemächlichen Abgang. Ein Gefühl, als sei ich endlich wieder zu Hause angekommen, erfasste mich, als ich das Führerhaus meines Busses bestieg. Unter strikter Einhaltung der Straßenverkehrsordnung verließ ich das Schweinelendchen-Viertel.

40

Abends ging ich mit dem Foto zu Julius, um es genauer zu untersuchen. Vielleicht konnte man etwas über den Ort des Treffens herausfinden. Mit Julius' Vergrößerungsglas war dem Bild nicht beizukommen, also fertigte er einen Scan in hoher Auflösung und skalierte ihn auf dem Bildschirm hoch. Man erkannte nun Manschetten, Hosenträger und Leberflecke, aber für eine Ortsbestimmung ergab sich kein Anhaltspunkt. Auch sonst ließ sich kaum etwas feststellen, außer eben, dass es sich um ein Lokal mit schwerer Holzmöblierung und Deckentäfelung handelte. Schließlich machte Julius ein Gemälde im Hintergrund aus, das einen grauen Ritter zu Pferd zeigte. Das weitere Hochzoomen nützte jedoch nichts mehr, der Bildzusammenhang splitterte sich in grobe Pixel auf.

– Ich habe das schon mal gesehen!

Julius zermarterte sich vergeblich das Hirn. Ein Gespräch kam auch nicht mehr zustande, denn okkupiert von seiner Grübelei legte er den Kopf schief oder starrte nach oben ins Leere. Ich gab ihm einen Klaps auf die Schulter, bedankte mich und ging.

Der nächste Morgen begann mit guten Nachrichten. Die Zeitung meldete im Münchner Teil einen Skandal um die Prinz-Rupprecht-Halle. Die in mir hochprickelnde Häme gönnte ich mir gern zum Espresso. Wie sehr hatte man Stan Bolzmann und seine Projekte gehätschelt, was immer er anfasste, wurde mit positiver Berichterstattung wattiert. Doch diesmal hatte es sogar einen alten Profi wie ihn erwischt. Offenbar war er schwer in die Falle getappt. Dass die Prinz-Rupprecht-Halle verkauft werden sollte, hatte ich bereits gelesen. Nun aber entpuppte sich das Käuferkonsortium als eine Gruppe aus der rechten Szene, die aus der Halle ein Sport- und Kulturzentrum machen wollte. Was das hieß, konnte man sich an fünf Fingern abzählen. Eine Bürgerinitiative hatte sich bereits gebildet, die gegen die Nutzung als paramilitärische Ausbildungsstätte zu Felde zog. Die Stadt wurde zum Handeln aufgefordert. Flankierend waren Bestrebungen im Gange, Investoren oder Spender zu finden, die das nötige Geld zum Erwerb des Areals aufbringen konnten. Hallenkönig Bolzmann, so hieß es, sei von der Gruppe hereingelegt worden. Er habe in Unkenntnis ihrer wahren Identität einen Vorvertrag abgeschlossen. Er wolle jedoch alles tun, um den entstandenen Schaden zu begrenzen. Er zeige sich bereit, die wegen eines Bruchs des Vorvertrages drohende Konventionalstrafe auf die eigene Kappe zu nehmen, wenn sich ein Investor finde, der ihn ansonsten schadlos halte.

Das klang alles so gewunden und verschämt, so gänzlich ohne den großsprecherischen Bolzmann-Sound, dass ich ihn vor meinem inneren Auge in dem Format sah, das ihm gebührte: als Würstchen.

Das Telefon schreckte mich aus meinem inneren Triumphzügen auf. Julius war am Apparat.

– Ich hab's!

Ich lobte ihn und bettelte um Auskunft, um ihn ausreichend zu ehren, wie sich das gehörte.

– *Zum goldenen Prag*!

– Verstehe ich nicht.

– Auf dem Gemälde ist St. Wenzel, verstehst du, das Denkmal von ihm in Prag. Und das kenne ich. *Zum goldenen Prag*, ist am Oberanger, beste Innenstadtlage und böhmische Küche. Ich habe da schon gegessen. Was machen wir?

– Hingehen natürlich!

41

Ein K.-u.-k.-Kellner wie aus dem Bilderbuch, mit schwarzer Fliege und weißem Serviertuch, geleitete uns an den Tisch. Sein museales Böhmisch konnte er nur in Hans-Moser-Filmen gelernt haben. Um ein deutliches Signal Richtung Küche zu geben und Fragen schon im Ansatz zu rechtfertigen, legte ich neben die Speisenkarte mein schwarzes Notizbuch, als wäre ich damit beschäftigt, die Gerichte zu exzerpieren. Das Lokal bot tschechische Biere und die ganze Palette knödelumkränzter Fleischgerichte, zu denen Rahmsoße so oft nachbestellt werden kann, bis es einem den Leib zur prallen Kugel auftreibt. Während die Prager Ente sich als Variation von Bekanntem präsentierte, nahm man mit der Bestellung eines gespickten Ochsenmeisls an den Mysterien einer fremden Kultur teil.

Den Kellner, der uns aus der Knödelschüssel und dem Soßentopf auftat, fragte ich nach der Geschichte des Lokals. Man sei ein Traditionshaus und immer schon an diesem Ort hier, sagte er. Vor einigen Jahren allerdings habe der ehemalige Pächter aus Altersgründen an einen anderen Wirt weitergeben müssen. Seither firmiere man nicht mehr als *Restaurant Böhmerwald*, sondern als *Goldenes Prag*.

Julius grinste zu mir herüber. Ich wusste, warum: Wir waren nicht in das Herz einer Verschwörung vorgestoßen, vielmehr schien sich die banalste aller möglichen Erklärungen herauszuschälen. Am liebsten hätte ich mich kopfüber in den Soßensee gestürzt.

Nachdem wir aus purer Fressgier auch noch Palatschinken in uns hineingedrückt hatten, bat ich Julius, den Kellner ein wenig am Tisch zu beschäftigen. Zwischen Theke und Garderobe in einer Nische lag auf einem Pult das Reservierungsbuch neben dem Telefon. Von dort aus hatte ich den Kellner im Blick, der mir den Rücken zuwendete und im Reden mit seinem Serviertuch Brösel vom Tisch schlug. Julius machte seine Sache gut, und ich hatte Gelegenheit, mich mit dem Buch zu beschäftigen. Ich blätterte es in der Hoffnung durch, auf einen bekannten Namen zu stoßen. Lange musste ich nicht suchen: Jeden ersten Donnerstag im Monat war das Nebenzimmer für die Böhmerwaldloge bestellt. Offener ging es nicht mehr, geheim war an dieser Loge gar nichts.

Rasch ging ich zurück an unseren Tisch, um Julius zu erlösen, der sich die Einzelheiten der Schnapskarte erläutern ließ. Wir kippten noch einen Kräuterbitter und zogen ab. Aus guten Gründen waren wir zu Fuß gekommen, die sich vor allem jetzt bewährten, weil wir unseren Bauch noch ein wenig spazieren tragen mussten und den Kopf auslüften konnten.

Auf dem Heimweg fasste ich noch einmal die ganze Geschichte für Julius zusammen, um mich auch selbst zu vergewissern, ob das Hand und Fuß hatte, was ich vermutete, oder ob ich ein Phantom jagte.

– Tut mir leid, sagte Julius, nachdem er sich alles angehört hatte, Dieselhofer hat recht. Das ist eine Sackgasse.

– Und der Bildband mit dem Dossier? Und dieser Eyerkauff?

– Für mich ist das so eine Art Stammtisch, eine Altherrenrunde. Der Rest ist Fantasie.

42

Ich verbrachte eine unruhige Nacht mit dem schwerem Leib, den ich mir angefressen hatte. In meinen Träumen erörterte eine Expertenrunde die Möglichkeit ungewollter Knödelschwangerschaften. Am anderen Morgen befand ich mich über einem Kaffee brütend noch in der Orientierungsphase, als draußen jemand gegen die Ladentür pochte. Ich erkannte Herrn Ernstel und sperrte auf. Erst jetzt stieg ein Graukopf aus dem Fond eines Wagens und stürmte mit wehenden Mantelschößen heran.

– Warum haben Sie nicht gewartet?, eröffnete Landsdorfer bereits das Gespräch, obwohl er noch eine gute Strecke Wegs vor sich hatte.

Er streckte die Hand aus und packte wie gestern bei der Begrüßung kräftig zu. Er schob mich in den Laden und nahm ungefragt auf meiner Chaiselongue Platz.

Aus seiner Brusttasche zog er ein Etui mit Zigarillos hervor.

– Darf man da herinnen rauchen?

Noch bevor ich nicken konnte, klickte sein Feuerzeug.

– Aschenbecher?

Sein Blick glitt suchend über meinen Porzellantisch, dann hatte er das blaue Bistromodell eines italienischen Wermutherstellers entdeckt. Der Mann war schätzungsweise doppelt so hoch getaktet wie ich. Endlich fiel ihm auf, dass ich geistig noch im Schlafanzug vor ihm stand. Außerdem war es mir auch noch nicht gelungen, mich kulturbeutelmäßig frisch zu machen und mein Haar zu bändigen.

– Ein Klient wohnt da hinten, Landsdorfer deutete natürlich Richtung Süden, und da dachten wir, wir schauen mal kurz vorbei.

Jetzt prüfte er erst mal auf seiner Armbanduhr ab, wie viel Zeit er schon mit mir drangegeben hatte. Menschen wie er hatten große Aufgaben in der Welt zu verrichten und durften daher mit Recht erwarten, dass man sie in ihrem Bemühen nach besten Kräften unterstützte. Am liebsten würden sie ihr Ding komplett alleine durchziehen, dann hätten sie wenigstens die Gewähr, dass alles wie am Schnürchen lief. Ein Schnarchsack wie ich wuchs sich da zum Hindernis aus.

Ich schlurfte in die Ecke und war noch nicht sicher, ob ich

meinen Tabakbeutel oder den nackigen Prinzregenten holen sollte. Aber Landsdorfer war ja auch noch da.

– Lassen Sie das mit dem Bild. Wegen der Anzeige – darum geht es doch.

Ich pflückte meinen Tabak von der Theke und sah das wiederum schmerzerfüllte Gesicht von Herrn Ernstel. Kaufmannsschlau erleuchtete die Schlussfolgerung mein dumpfes Hirn, dass der Hunderter dennoch nicht zu returnieren war. Ich drehte mir eine Zigarette und setzte mich neben Landsdorfer.

– Kaffee?, fragte ich.

Das war ein gelungener Auftakt. Wenn man bedachte, dass Eindringlinge früher einmal kurzerhand erschlagen wurden, schimmerten in dieser Frage einige Tausend Jahre Zivilisation durch.

– Was wissen Sie über die Böhmerwaldloge?

Ich hatte das Gefühl, dass mich eine Walze platt machte. Aber man konnte sich ja auch wehren.

– Was geht Sie das an?

– Weil ich der Loge angehöre.

Hoppla!

– Und wenn Sie etwas Nicht-Wahrheitsgemäßes oder sonst wie Unpassendes über uns an die Öffentlichkeit geben, überziehe ich Sie mit Prozessen, von denen jeder einzelne Sie schon ruinieren könnte.

Lebhaft geworden, nahm er den nächsten Zug an seinem Zigarillo voll auf Lunge. Der passte und wurde da unten gut verarbeitet, denn was er wieder abhauchte, hatte nur noch die Gestalt eines zarten Morgennebels.

– Habe ich nicht vor, erwiderte ich.

Befriedigt lehnte er sich zurück.

– Und wo ist Ihre Broschüre?

– Gibt es nicht.

Er riss die Augen auf.

– Was soll das Theater dann?

– Ich wollte Sie und die anderen kennenlernen.

Ganz untätig waren meine grauen Zellen auch nicht geblieben. Schließlich hatte ich ihnen nun schon eine Weile lang kräftig die Nikotinpeitsche verabreicht. Sie gaben mir also eine dezidierte Auffassung durch. Danach war die Böhmerwaldloge entweder so harmlos oder so mächtig, dass sich Landsdorfer ein solches Auftreten leisten konnte. In dem einen wie dem anderen Fall war es klug, bei der Wahrheit zu bleiben.

– Wozu? Zum Knödelessen?

Ich beugte mich vor.

– Wolfertshofer? Von seinem Tod haben Sie gehört?

– Ein guter Mann. Geschert, aber witzig. Schade um den.

– Wir waren gut miteinander bekannt, und sein Tod ist mir ziemlich an die Nieren gegangen.

Ich machte eine Pause. Erwartungsvoll schaute er mich an.

– Er hatte da eine Menge Bildbände …

Landsdorfer prustete los und patschte sich auf die Schenkel.

– Operation Bruderschaft! Saugut, oder? Da hat er es schon ein bisschen übertrieben.

– Wer?

– Unser Freund Eyerkauff.

Landsdorfer besann sich, weil er merkte, dass sein Humor in einer mir fremden Wellenlänge abgestrahlt wurde.

– Und was ist jetzt damit?

– Der Band ist weg. Komplett verschwunden.

– Er wird ihn halt abgeholt haben.

Ich traute meinen Ohren nicht.

– Abgeholt haben?

– Eyerkauff wird ihn abgeholt haben. Ich bin sicher, dass die da eine Vereinbarung hatten.

Ich verstand nur noch Bahnhof. Landsdorfer hingegen schien sich bei dem Thema prächtig zu amüsieren und hätte das wohl noch weiterhin getan, wenn ihn nicht ein erneuter Blick auf die Uhr darüber belehrt hätte, dass jeder Spaß auf Erden einmal ein Ende finden muss. Landsdorfer zog eine Karte aus der Tasche.

– Besprechen Sie das selbst mit ihm.

Er schrieb eine Nummer auf die Rückseite.

– Rufen Sie ihn an. Gruß von mir, dann klappt das schon.

Er stand auf, reichte mir die Hand und verschwand mit Herrn Ernstel aus meinem Laden.

43

Zwei Tage später war ich zum Arabellapark unterwegs, einem der seltenen Reservate, in dem sich einige der in München vom Aussterben bedrohten Hochhäuser zusammengerottet hatten. Eyerkauff zu treffen war eine ganz konspirative Nummer. Schon das Telefonat mit ihm war seltsam gewesen. Er sprach einen Dialekt, so viel meinte ich mich zu erinnern.

Hätte ich den Rest in eine Beschreibung bringen müssen, wäre etwas so Verqueres wie ein sächsischer, aus der Oberpfalz stammender Münchner herausgekommen. Ich nahm die U-Bahn und stieg, dort angekommen, zum Rosenkavalierplatz hoch. Mit dem Handy rief ich die vereinbarte Nummer an. Eine Männerstimme meldete sich. Ich möge gleich in das erste Hochhaus auf der rechten Seite gehen und dort den im Foyer wartenden Lift benutzen. Er werde dann ohne mein Zutun hochgeholt und bringe mich ins richtige Stockwerk.

Ein livrierter Pförtner verfolgte meinen Gang durchs Foyer und hob zum Abschied die Hand. Dann schloss sich die Tür und der Lift zog so kräftig an, dass Magen und Eingeweide kurzzeitig in verschiedene Richtungen unterwegs waren. Meiner Einschätzung nach fuhr ich ziemlich lange himmelwärts. Endlich begann der Fahrstuhl abzubremsen und die widerstrebenden Kräfte rumorten erneut in meinem Bauch. Ich war in einem weitläufigen Büro angekommen. Die Tür schloss sich hinter mir, und ich stand in einem dunklen Raum. Zunächst hörte und sah ich nichts. Wollte man mich in eine Dunkelkammer einsperren?

– Guten Tag, Herr Gossec!

Ich drehte mich um. Die Stimme kam aus der hinteren Ecke und klang nach meiner groben Einschätzung verschlafen. Meine Augen hatten sich noch nicht an die Dunkelheit gewöhnt. Nach und nach gelang es mir, die Umrisse eines mächtigen Schreibtischs auszumachen. Dahinter lag wie aufgebockt eine Gestalt im nach hinten gekippten Chefsessel. Zuerst vermutete ich in dem sich aufwölbenden Gebilde einen grotesk ausladenden Bauch, dann verstand ich, dass es sich um ein Kissen handelte. Das eulenaugengroße Teil, das der Mann um die Augen trug, war wohl eine Schlafbrille, wie sie in Flugzeugen verteilt wurden.

– Treten Sie ans Fenster, damit ich sie besser im Auge behalten kann.

Ich stolperte ein Stück rückwärts zum Fenster hin.

– Mehr nach rechts.

Ich war komplett verunsichert. Augenkneifend suchte ich die Umgebung nach etwas ab, das ich als Schlaggerät benutzen konnte.

– Vergessen Sie's, tönte es vom Schreibtisch her. Jede Bewegung wird von Infrarotkameras aufgezeichnet. Winken Sie doch mal den Kollegen nebenan.

Heiße Panik durchflutete mich, dabei stand ich steif wie ein Ölgötze.

– Außerdem halte ich unter dem Kissen eine Pistole auf Sie gerichtet.

– Und was soll das, wenn ich fragen darf?

Meine Stimme klang ziemlich belegt. Statt einer Antwort bekam ich sonores Lachen zu hören. Gleichzeitig fuhren die Lamellenrolläden nach oben und der Raum wurde nach und nach hell.

– Sorry, bin Tag und Nacht auf Achse gewesen. Musste ein kleines Nickerchen machen. Und Pit hat nicht durchgegeben, dass Sie schon hochbefördert werden.

Der Mann hinter dem Schreibtisch klopfte sich die Wangen und rieb seine Augen. Der Piepser, den er am Gürtel trug, fiepte. Er griff nach dem Telefonhörer.

– Hoppla. War nicht aufgelegt, da haben wir schon den Fehler.

Ich betrachtete ihn genauer. Er sah seltsam aus. Irgendwie

unecht. Sein dunkelblondes Haar trug er glatt nach hinten gestrichen, wo es sich im Nacken über dem makellos gebügelten Hemd aufwellte. Seine Oberlippe zierte ein lang gezogenes, hellblond gebleichtes Menjoubärtchen. Nur mit Lineal und Wasserwaage konnte man den Haarriegel so austarieren, dass er die Strecke vom Lippenbogen zur Nase exakt drittelte. Sein Aussehen war so irritierend wie seine Sprechweise zuvor. Um ihn zu beschreiben, hätte man das seltene Modell eines ostfriesischen Ungarn bemühen müssen.

Eyerkauff ließ die Lehne seines Stuhls hochschnalzen, warf das Kissen mit Schwung hinter sich auf ein Ledersofa und legte die Schlafbrille in die Schublade seines Schreibtischs. Dann spreizte er Daumen und Zeigefinger beidhändig ab und zielte auf mich.

– Peng, peng!

Seinen verqueren Humor trieb er so weit, dass er sich auch noch den Pulverdampf von den Fingerspitzen blies.

– Falscher Film, oder was? Piroschka im Wilden Westen?

– Kleiner Scherz, entgegnete er. Um Sie mit Ihren verfehlten Erwartungen zu konfrontieren. Und um sie zu zerstreuen.

Über den Satz musste ich erst mal nachdenken. Später wurde mir klar, dass man dem Mann wohl in irgendeiner Ausbildung beigebracht hatte, möglichst immer das Überraschende zu tun. Ich nahm ungefragt Platz. Als ich ihn wieder ins Auge fasste, saß er mir top seriös mit gefalteten Händen gegenüber.

– Was kann ich für Sie tun?

– Wolfertshofer und der Prag-Bildband?

Eyerkauff lehnte sich entspannt zurück.

– Wir hatten eine klare Abmachung, dass das Buch in

Geschenkpapier an mich retourniert wird. Zuerst hat er das versäumt, dann konnte er nicht mehr, also haben wir es uns zurückgeholt.

– Durch einen Einbruch?

– Sie trauen sich was! Wie würden Sie denn Ihre Aktion bezeichnen, mit der Sie sich Zugang zu seinem Atelier verschafft haben?

– Notwehr.

Er breitete die Arme aus, um meine Charakterisierung willkommen zu heißen.

– Dann verständigen wir uns eben auf Notwehr.

– Geheimdienst und Legalität sind so eine Sache ...

Abwehrend wedelte er mit dem Zeigefinger.

– Nichts da von wegen Geheimdienst!

– Dann geben Sie doch die Geschichte in Ihrer Sprachregelung wieder. Was ist da passiert?

Eyerkauff stand auf und ging zum Fenster. Von dort aus schaute er hinüber auf den sich hinter der Isar ausbreitenden Englischen Garten.

– Wir sind so eine Art Pressestelle und verbreiten Nachrichten, die uns bei der Durchsetzung gewisser Ziele nützlich sind.

– Fake, oder was?

Müde winkte er ab.

– Die Wahrheit zu verbreiten genügt nicht. Politisch gesehen ist es viel wichtiger, der Wahrheit zum Durchbruch zu verhelfen. Verstehen Sie?

Ich schüttelte den Kopf. Er legte den Finger auf die Lippen und machte ein listiges Gesicht.

– In der Zeitung steht: Die Glocken läuten. Wer läutet da?

Ich zuckte die Achseln.

– Soll das eine Rätsel- oder eine Scherzfrage sein?

Abwehrend wedelte er mit seinem ausgestreckten Finger.

– Glöckner und Pfarrer müssen erst gar nicht zur Tat schreiten. Es genügt, wenn im Blatt steht: Die Glocken läuten. Das ist unsere Arbeit, wir sind der Geist der Nachrichten. Wir lassen dort die Glocken läuten, wenn sie eben läuten müssen. So einfach ist das.

Sein blasiertes Geschwätz brachte mich auf die Palme.

– Kann ja sein, dass Sie bei einem gut gezapften Gespräch jemandem mal wieder richtig schön die Eier kraulen möchten. Aber nicht mir! Warum haben Sie Wolfertshofer dieses Dossier gegeben?

Resigniert tupfte er mit seinem Taschentuch die Oberlippe ab.

– Ich hatte gehofft, Sie seien ein philosophischer Kopf.

– Irrtum. Man kann es mir nicht klar und einfach genug sagen.

– Also schön, für Sie das rohe, noch gänzlich unbehauene Stück Wahrheit: Wir arbeiten immer schon mit dem Kabarett.

Ich konnte nicht zulassen, dass mein komplettes Weltbild wegrutschte.

– Sie wollen doch nicht im Ernst behaupten, dass sich solche Leute von Ihnen bestechen lassen.

Er lachte.

– Ich habe nichts dergleichen angedeutet.

Mein ungläubiges Erstaunen bereitete ihm große Freude.

– Einem Kabarettisten präsentieren Sie beispielsweise einen Überläufer, einen, der sagt, dass er Informationen über eine große Schweinerei da oder dort hat. Das können Sie gar nicht groß genug aufpumpen, dass es nicht für bare Münze genommen würde. Wie es in der Politik wirklich zugeht, wissen Bühnenleute gar nicht. Sie denken nur, dass sie mit dem Glauben an dunkle Machenschaften besonders nah an der Realität sind.

– Aber?

– Wir amüsieren uns im Theater ebenso gut wie Sie.

– Und die Böhmerwaldloge?

– Total harmlos. Ein Kreis von Ehemaligen …

– Ehemalige? Was meinen Sie damit?

– Alte Herren. Der Freundeskreis unseres ehemaligen Vorsitzenden, der sich gern zum Knödelessen trifft. Ihre Aktivitäten beschränken sich darauf, ihn in die Walhalla zu hieven.

Mir schwirrte der Kopf.

– Was sollte dann Wolfertshofer mit dem Dossier anfangen?

Eyerkauff beugte sich vor.

– Wir hatten Hinweise, dass eine große Zeitung an der Geschichte arbeitete. So in dem Sinne, dass da ein Geheimbund hinter der Partei stünde.

Ich gab mir große Mühe, nicht zu stottern.

– Und ist da was dran?

– Interessiert mich nicht, sagte Eyerkauff. Mir geht es darum, was geglaubt wird und wie die Nachricht ankommt. Und ein solches Gerücht wäre nicht nur ein vollkommener Unsinn gewesen, sondern auch noch kontraproduktiv für uns. Also haben wir aus dem vermeintlichen Coup einen kabarettistischen Witz gemacht, und damit war die Geschichte publizistisch verbrannt.

Ich hatte das Gefühl, in einen Strudel geraten zu sein, der mich in ein schwarzes Loch zog.

– Und dann kommen Sie und graben an derselben Stelle weiter, wo die anderen aufgehört haben.

Er legte mir die Hand auf den Unterarm.

– Haben Sie sich schon mal klargemacht, dass Sie bislang nichts über den Tod von Wolfertshofer herausbekommen haben? Null! Sie fischen im Trüben.

– Haben Sie bessere Informationen?

– Nein. Aber Sie wissen ja noch nicht einmal, was am Vorabend von Wolfertshofers Tod passiert ist. Interessiert Sie nicht! Oder dass Sie mal seine Kollegen befragt hätten! Blind stolpern Sie dahin.

Ich schwieg. Er hatte recht.

– Kommen Sie in zwei Tagen auf den Nockherberg!

– Zum Starkbieranstich?

– Zu den Proben.

Er öffnete eine Schublade, zog eine Visitenkarte hervor und überreichte sie mir.

– Fragen Sie nach Alfons Brummer. Der war gut bekannt mit Wolfertshofer. Und geben Sie ihm meine Karte.

Ich war entlassen.

Der freie Fall hätte mich nicht rascher nach unten befördern können, als es der Lift tat. Ich schaute auf die Karte, die mir gerade überreicht worden war: *Friedhelm Bosniak, Presse* war dort aufgedruckt. Wieder erfasste mich dieser saugende Schwindel. Die Summe meiner Eindrücke und Informationen war gleich null. Vielleicht war noch nicht einmal die Visitenkarte echt. Mir schwante, dass das mit Absicht inszeniert worden war. Man drehte mich tüchtig im Kreis, und anschließend hieß es, ich solle geradeaus laufen.

Unten angekommen ging ich zum Pförtner, der hinter einer brusthohen, granitgefliesten Theke saß. Einem Druiden hätte man mit diesem massiven kreisrunden Steinwall den Lebenstraum erfüllt.

– Pit, sind Sie das?

Zweifelnd legte er den Kopf schief.

– Im obersten Stockwerk, fragte ich, welche Firma ist das denn?

Er deutete auf die Schilder der im Haus ansässigen Firmen, die nach Etagen geordnet auf einer Tafel angebracht waren. *Interfas, Marktforschung* stand da. Ich stolperte durch die Drehtür nach draußen und hinunter in den U-Bahn-Schacht.

44

Um meinen Kopf durchzulüften, stieg ich eine Station früher aus und durchquerte den Alten Südfriedhof. Die Zeit der tapferen Schneeglöckchen war schon fast wieder vorbei, aber mit den Krokussen begann sich ein zart violetter Teppich zwischen den Gräbern auszubreiten. Auch die Narzissen hatten schon wie grüne Pfeile den Boden durchstoßen und standen bereit, ihren Dienst als Osterglocken zu verrichten. Wo Sonnenstrahlen den Boden wärmten, wehte mir mit dem lauen Lüftchen erdige Frühlingswürze entgegen, in die sich das Aroma des frischen Grüns gemischt hatte. Dieser Duft nahm alljährlich eine eindeutige Knoblauchfärbung an, und dann ernteten Sammler mit Plastiktüten den Bärlauch büschelweise ab, um ihn zu Kräutersüppchen oder Pesto zu verarbeiten. Der gut katholische, an der *Vanitas* geschulte Mensch gedachte dabei nicht selten der im Südfriedhof unter der Erde liegenden Münchner Prominenz, von Fraunhofer über Spitzweg bis Pschorr, die mit ihren sterblichen Überresten nicht wenig zum Wohlgeschmack des Krauts beitrugen und die nun, vom Menschen zur Pflanze gewandelt, ein weiteres Mal in den Kreislauf alles Irdischen eintraten.

In dieser besinnlichen Atmosphäre, die auch einen auf das rein Praktische hin orientierten Menschen wie mich zu einem gewissen gedanklichen Tiefgang verleitete, versuchte ich mich zum Kern des Wesentlichen vorzuarbeiten. Aber so oft ich auch durchsiebte, was mir heute widerfahren war, zu mehr als der sokratischen Weisheit, nach der ich nur wissen konnte, dass ich nichts wusste, reichte es nicht. Genau genommen hatte sich dieses Nichts zu einem gefräßigen Schlund entwickelt, in dem auch alltägliche Gewissheiten wie die, dass Menschen einen Namen tragen, verschwanden. Gab es überhaupt einen Fritz Eyerkauff?

Wie schön, dass es wenigstens noch meinen Laden gibt, dachte ich, den mir so vertrauten Anblick vor Augen.

Aber bald schon musste ich erkennen, dass auch dort nichts mehr war wie zuvor. Ich sperrte ihn auf und sah sofort, dass jemand eingebrochen hatte. Die Schubladen waren ausgekippt worden, und der Boden war mit Papier übersät. Angstvoll überprüfte ich zunächst, was von meinen wirklichen Wertstücken hatte dran glauben müssen. Kurz danach geriet ich ins Grübeln. Soweit ich sehen konnte, fehlte nichts: Silberbesteck und Goldschmuck waren unangetastet geblieben, sogar der echte Wölfel stand noch bei den Ölbildern vorneweg. Entweder war ich von einem besonders wählerischen oder einem stockdummen Einbrecher heimgesucht worden. Er hatte meine Schubladen durchwühlt und alles für ihn Unbrauchbare achtlos zu Boden geworfen. Als ich feststellte, dass ihn sogar meine Handkasse kaltgelassen hatte, war alles klar: Hier hatte jemand systematisch gesucht. Vermutlich genau jener Eindringling, der mich neulich schon aufgesucht hatte.

Aber was wollte er?

Ich räumte alles nach und nach wieder ein, ohne darauf zu kommen, was geraubt worden war. Wenn etwas fehlte, dann war es für mich so unwichtig, dass ich es offenbar längst vergessen hatte.

Erst als ich in der wieder aufgeräumten Bude mit einem Kaffee auf meiner Chaiselongue saß und vor mich hinbrütete, fiel mein Blick auf die Pinnwand. Zu sagen, dass ich dort etwas vermisste, war übertrieben. Das gewohnte Bild war einfach unvollständig. Ich hatte die Autogrammkarte mit Wolfertshofers Porträt neben meinen Fotos befestigt. Dort hatte sie sich so in die Bilder- und Zettelumgebung eingefügt, dass ich neulich sogar vergessen hatte, sie Emma mitzugeben, für die sie bestimmt war. Und nun war sie weg. Das war doch nicht möglich, dass sich jemand die Mühe gemacht hatte, deshalb meinen ganzen Laden auf den Kopf zu stellen!

Ich rief Emma an, um ihr von diesem Verlust zu berichten.

– Gut, dass du dich meldest, sagte sie, ich wollte dich ohnehin anrufen.

Sie stockte. Ich hatte sofort ein verdammt schlechtes Gefühl. Und schon kam es knüppeldick.

– Ich habe einen Termin bei Stan. Pippo hat mich darum gebeten, er meint, das könnte ein ziemlich guter Kontakt für uns werden.

Sie wartete auf eine Reaktion, weil sie um meine eifersüchtige Reizbarkeit wusste. Die aber würde sie jetzt nicht bekommen, denn mein verletzliches Inneres, das zu seinem Schutz nicht mehr aufzubieten hat als die zartrosige Haut eines Babypopos, hatte die Flucht angetreten und fuhr geradewegs in den Stollen hinunter, wo ich für solche Empfindsamkeiten einen Schutzraum aus atomsicherem Stahlbeton eingerichtet habe. Dort würde es frieren und beleidigt schweigen.

– Ich hoffe, du bist mir nicht böse.

Ich schmiss den Hörer ohne weiteres Wort auf die Gabel.

Der Nachmittag wollte nicht vergehen. Ich trieb die Zeit mit ihren sonst so wuseligen Minuten wie eine Herde lahmer Gäule vor mir her. Zu guter Letzt durfte ich den Laden zusperren.

Es kostete mich eine ungeheure Überwindung, nun nicht mit einem Brecheisen das Kellerabteil mit meinen Alkoholika zu knacken, um mir endlich die Hucke vollsaufen zu können. Das hatte ich nun von diesen ausdauernden Übungen! Mein moralisches Ich gab inzwischen eine imponierendere Figur ab als sein Herr und Meister: komplett austrainiert, jeder Muskel definiert, hart und sehnig. Dieser herkulische Kerl gab mir den Tipp, einen Tee zu kochen und mich anschließend ins Bett zu legen. Ich war mir nicht sicher, ob er bedacht hatte, dass es erst neun Uhr war, gehorchte aber. Tatsächlich schlief ich gleich ein; allerdings war ich um zwei Uhr glockenwach, und zwar so gründlich, dass diese fortgesetzten Eskimorollen auf Matratze mit Plumeau jeden Sinn verloren hatten.

Ich stand wieder auf und lief wie ferngesteuert durch meinen Laden, bis ich mir einen alten Jahrgang von Männermagazinen aus der Kiste ins Bett holte. Der Anblick dieser gut gebauten Damen, die inzwischen als wohlsituierte Großmütter statt Leoslips weiße Schürzen trugen, um Apple Pie zu backen, und auf deren Abbildern noch echte Bäuche statt Photoshop zu erkennen waren, machte mich auch nicht heiterer. Ihr Leben war bestimmt einfacher als meins. Eine jede von ihnen hatte wahrscheinlich einen superpatenten Mann, der sich die Hände wusch, wenn er vom Heimwerken aus der Garage kam, um dankbar und rundherum glücklich sein Mittagssteak zu verzehren.

45

In den frühen Morgenstunden öffnete ich schließlich das Gatter, um meiner inneren Wildsau, die mit aller Macht nach draußen drängte, endlich freien Lauf zu lassen. Sie hatte einen richtig klugen Plan ziseliert: Ich solle ganz einfach bei nächster Gelegenheit nach Freimann in das Büro von Stans Hallenimperium fahren und ihn verprügeln. Diese dürre Kurzfassung der mir eingeflüsterten Unternehmung konnte die bildkräftigen Details nicht hinlänglich wiedergeben, mit der sich die Ausführung in meiner Vorstellung rasch anreicherte. Der Director's Cut würde abendfüllende Dimensionen annehmen.

Da hatte man sich stundenlang mit skrupulösen und ätzenden Gedanken herumgequält, die einer Wildsau nicht mal ein Arschrunzeln wert waren. Konsequenzen wurden fällig: Gutmütigkeiten und Vergünstigungen, mit denen ich bislang diese Scheißwelt verwöhnt hatte, wurden nun aufgekündigt. Ich würde ihr künftig nur noch mit dem Dolch zwischen den Zähnen gegenübertreten. Wer glaubte, einen Gossec könne man zum Narren und Hampelmann machen, hatte sich geschnitten. Natürlich konnte sich jeder vernünftige Mensch ausmalen, dass schon bald eine Weltdelegation von älteren Frauen und Männern vorsprechen würde, die wehklagend ihre Kleider zerrissen, um die Aufgabe meiner harten Haltung zu erbitten. Aber ich würde ihnen nur stumm die Tür weisen.

Wirr im Kopf von solchen Einflüsterungen und angeknockt von den nächtlichen Schauspielen, stand ich morgens am Herd, um mir einen Kaffee zu machen. Schluckweise trank ich das heiße Gebräu und rauchte eine Zigarette. Durch das Fenster drang das erste Licht des frühen Tages. Stocknüchtern wie ich war, ließen sich nun auch die Vorhänge in meinem Oberstübchen wieder aufziehen. Ich schämte mich. Emma hatte mir gar nichts getan. Es ging um Stan. Mein ehemals bester Freund, mein Widersacher. Ich hatte ihn nie vollständig aus meinem Leben verdrängen können. Jetzt wurde seine Gegenwart so peinigend, als säße ich auf einem Nagel.

Draußen klopfte jemand an die Scheibe. Julius stand vor dem Laden, er hielt eine Bäckertüte hoch. Wahrscheinlich Nusshörnchen. Ich ließ ihn herein.

– Alles in Ordnung?, fragte Julius.

Offenbar wirkte ich etwas retardiert. Ich zuckte die Achseln.

– Hast du heute früh Radio gehört?, erkundigte er sich vorsichtig.

Ich schüttelte den Kopf.

– Du hast mir doch neulich von Stan erzählt …

– Jetzt fängst du auch noch damit an!

Julius zog eine Schnute.

– Erzähl schon, sagte ich.

– Über diese Hallengeschichte war heute ein Beitrag zu hören.

– Und?

– Die Bürgeninitiative hat jetzt offenbar einen Investor mit dem nötigen Geld aufgetrieben.

– Meinethalben.

– Sei doch nicht so empfindlich. Ich dachte, es interessiert dich.

Anschließend gründelten wir noch in gut gemeinten Belanglosigkeiten herum, fanden aber kein Thema. Bis Julius in seinem seelsorgerischen Antrieb aufs Ganze ging.

– Schon mal was von Seinsverlassenheit gehört?

Ich schüttelte den Kopf. Schon allein der Ausdruck machte einen noch einsamer, als man es ohnehin schon war. Julius spielte mit seinem Handy.

– Scheinbar steht uns die ganze Welt zur Verfügung. Auf Knopfdruck. Von Aal bis Zunzendorf. Man muss nur die richtige Nummer wählen.

Er beugte sich vor.

– Nur einen bekommst du nie an den Apparat, und dieses Gespräch wäre das wichtigste.

Er griff sich mit der Rechten an die Stirn und verharrte in Denkerpose.

– Denk mal nach.

Ich zuckte die Achseln.

– Ich gebe auf! Du weißt doch, dass ich in Kreuzworträtseln schon immer schlecht war. Also, wer ist es?

Julius fuhr seinen Zeigefinger aus.

– Der Tod!

Ich schnitt ein verquältes Gesicht.

– Willst du mich jetzt erschrecken? Hast du auch was Aufmunterndes auf Lager, oder müssen wir weiter Geisterbahn spielen?

Julius war sofort beleidigt. Was er aus der Tiefe seiner Gedanken schöpfte, hatte man als große Kostbarkeit wertzuschätzen.

– Witze kannst du dir von anderen erzählen lassen. Ich dachte, deine schlechte Verfassung wäre ja auch …

Ich unterbrach ihn.

– Lass gut sein. Und vielen Dank für die Hörnchen.

Julius stand auf. Auf seinem Weg zur Ladentür kam er an meinem Anrufbeantworter vorbei.

– Da blinkt etwas, sagte er und hob die Hand zum Abschied.

Das war neben den Nusshörnchen die mit Abstand beste Hilfestellung, die er mir geben konnte. Emma war mit einer kurzen Nachricht gespeichert. Sie könne Geschäft und Liebe sehr gut auseinanderhalten, da solle ich mir mal keine Sorgen machen. Dann trat eine kurze Pause ein.

– Hab dich nicht so, du Eifersuchtsnickel.

Ich schickte ihr eine SMS, in der ich mich für meinen Ausraster entschuldigte.

46

Später fuhr ich mit dem Rad zum Nockherberg, der Fortsetzung jener Hangkante des Isarhochufers, die ein wenig nördlicher unter der Bezeichnung Giesinger Berg läuft. Dort oben erhebt sich der Festsaal, in dem alljährlich der Starkbieranstich stattfindet. Vor gut zehn Jahren wurde der alte, aus allen Nähten platzende Bierkeller niedergebrannt. Das neue, prachtvolle Haus legt beredtes Zeugnis von einem Münchner Wunder ab, nach dem Brandstiftung auch ohne Täterbeteiligung verübt werden kann.

Eine ähnliche Lenkung von ganz oben erkennt man auch in anderen verbrieften, mit dem bloßen Verstand nicht zu durchdringenden Besonderheiten, die allenfalls mit dem biblischen Vorbild der Armenspeisung zu fassen sind, wonach aus einem Hektoliterfass Bier gut hundertdreißig Maß fließen können und einem Brathendl drei halbe entspringen. Für die Kanonisierung sind solche Zeugnisse unerlässlich, und sie haben uns auf dem Weg zu einem St. München ein ganzes Stück vorwärts gebracht.

Im Festsaal wurde emsig an den Kulissen gehämmert und gewerkt. Ich fragte einen Kellner, der schon vormittags hektisch rote Bäckchen hatte, nach Alfons Brummer.

– Fonsi, schrie er in den Saal hinein, er wäre jetzt da.

Aus dem Sperrholzverschlag kam ein baumlanger Kerl in brauner Kutte. Der würdige Mönchsgang war ihm noch nicht gegeben; was er da ablieferte, erinnerte mehr an Sackhüpfen. Unwillig schlenkerte er seine Beine so heftig nach vorne, dass man fürchten musste, er werde sich in dem groben Tuch verfangen und umfallen.

– Servus, Brummer mein Name, sagte er. Es hat geheißen, ich soll mit dir reden.

Er gab mir zwar die Hand, wirkte aber so unwirsch, dass ich meine ganze Freundlichkeit aufbot, um ihn ein wenig gnädiger zu stimmen.

– Bitte schön. Ich will ja nicht viele Umstände machen.

– Dann setzen wir uns.

Wir nahmen den nächstliegenden Tisch. Er hob seine schwarze Zottelperücke mit Tonsur vom Kopf und warf sie auf den Stuhl daneben.

– Kriegen wir etwas zu essen?

Ich verstand nicht, was er meinte, und zuckte die Achseln. Seine Miene verfinsterte aber dergestalt, dass ich mich gleich zurücknahm.

– Bitte, sagte ich, warum denn nicht?

Er bestellte eine Schüssel mit Weißwürsten, Brezen und Bier. Bleifrei, wie er nicht ohne eine gewisse Verachtung anmerkte.

– Das echte kriegen wir ja erst abends.

Auch dafür konnte ich nicht wirklich etwas.

Er tunkte seine Weißwurst in den Senf, den er sich ordentlich auf den Teller geladen hatte, und biss hinein. Hinterher schob er gleich Breze nach, um den Geschmack von Wurst, Würze und Gebäck kauend im Mund zu vermählen. Die gespannte Haut der prall gefüllten Backentaschen buchtete sich zu einer Art Relief aus, in dem die erst grob zerkleinerten Brezenstücke hervorstachen. Erst nach und nach wurde daraus ein weicher Knödel, der von links nach rechts wanderte. Mit seinem schmalen, lang gezogenen Schädel sah er aus wie ein klerikales Bräuross, dem man ein zweites Frühstück vorgesetzt hatte. Er spülte mit Bier nach. Zwei Weißwürste lang ließ er mich warten, ganz mit sich und seinen Gelüsten beschäftigt.

– Also gut, hub er schließlich an, ich erzähle dir erst mal, wie es läuft. Und dann schauen wir weiter, okay?

Ich nickte. Worauf er abzielte, erschloss sich mir nicht, aber ich dachte, es könne ihn nur lockerer machen, wenn er ein wenig mehr ans Reden käme.

– Also, wir fangen mit dem Zug der Mönche an.

Er machte eine ausholende Bewegung, und ich verstand sofort: von ganz weit weg nach ganz nah her.

– Der Einfachheit halber lassen wir sie direkt aus Kalabrien, aus Paola, losmarschieren, sonst denken die Leute, der Orden heißt wie die Brauerei, wo doch die Brauerei nach dem Orden benannt ist.

Er fischte sich noch eine Weißwurst aus der Schüssel.

– Der Haufen rückt in München an und baut ein Kloster. So, das musst du dir jetzt einmal vorstellen: Du stammst aus dem südlichsten Italien, da ist es schön warm, Obst, Gemüse – da unten wächst ja genug. In München ist es scheißkalt, da kommst du als Südländer kaum über den Winter. Und als Paulanermönch kriegst du ja nichts auf den Tisch: kein Fleisch, kein Fett, nichts Nahrhaftes, was dir ein bisschen Speck auf die Rippen bringen würde. Praktisch alles ist verboten, und dauernd musst du fasten.

Um seine Erzählung nicht zu konterkarieren, biss er nur ein kleines Stück Breze ab.

– Dann hast du es geschafft, der Winter ist vorbei, das Frühjahr beginnt. Jetzt wird alles gut, denkst du? Irrtum! Am zweiten April geht es erst richtig los, Todestag des heiligen

Franz von Paola, da legen die eine extrascharfe Fastenzeit ein.

Er fuchtelte mit seinem Besteck herum.

– Im Süden mag so etwas ja gehen, in unseren Breiten aber nicht. Und da greift jetzt die große kulturelle Kraft des Katholizismus, wenn du verstehst, was ich meine?

Ich schüttelte den Kopf.

– Innerhalb von zwei Jahren brauen die ihr eigenes Starkbier. Doppelbock. Wenn wir dich nach Italien schicken würden …

Er deutete mit dem Messer auf mich.

– … dann würdest du innerhalb von zwei Jahren keinen eigenen Wein zustande bringen. In ganz München konnte das damals niemand. Der Doppelbock, den sie unten im Hofbräuhaus ausgeschenkt haben, der kam aus Einbeck. Aber die Brüder schafften es und brauten ein extradickes, extrastarkes Bier, um sich über diese Spezialfastenzeit hinwegzuretten.

Das Ganze begann nun doch etwas auszuufern, so genau hatte ich das alles nicht wissen wollen. Er gab mir aber keine Gelegenheit einzugreifen. Während ich dasaß und nicht zu essen wagte, um ihn nicht mit vollem Mund anreden zu müssen, schöpfte er Wurst um Wurst ab. Dass er bei seinem Redefluss auch noch reichlich in sich hineinschaufelte, schien eine vielfach geübte Technik von ihm zu sein.

– Natürlich wissen wir nicht, wie viel sie einem einzelnen Mönch genau ausgeschenkt haben. Das schwankt zwischen fünf und fünfzehn Liter.

Er schlug mit der flachen Hand auf den Tisch.

– Ist aber scheißegal. Lass es jetzt Minimum fünf Liter sein! Fünf Liter Doppelbock auf nüchternen Magen! Ja, Herrgott noch mal, da hast du doch einen solchen Fetzen Rausch, dass du Himmel und Hölle nicht mehr unterscheiden magst. Und das literst du dir jeden Tag ein. Fastenzeit – danke schön! Das ist die kulturelle Kraft …

Er blickte vom Teller auf und verstand, dass ich nichts verstand. Er beugte sich vor und dirigierte seine Worte mit dem Messer in der Rechten.

– Neulich war ich ganz oben, nicht weit von der Nordsee weg. Sonntagmorgen, alles menschenleer, und ich gehe spazieren. Eine schnurgerade Straße. Hinten sehe ich einen älteren Mann stehen. Rührt sich nicht vom Fleck. Was ist das Problem? Die Fußgängerampel ist rot. Und grün wird sie nicht, falsch geschaltet, kaputt – was weiß ich! Unsereinem ist das wurscht, als anständig katholischer Mensch gehst du da rüber, weil dich erstens keiner erwischt und du zweitens beichten kannst. Der Protestant mit seiner Innenlenkung ist da aufgeschmissen, der steht übermorgen noch da. Dem hilft niemand, am wenigstens er sich selbst!

Mir wurde es jetzt zu bunt. Ich schnappte mir die letzte Wurst, die noch im Wasser schwamm. Mit dem Blick eines zu Unrecht Geprellten schaut Brummer ihr hinterher.

– Wenn die Paulaner jetzt Protestanten gewesen wären, dann hätten die erst mal darüber nachgedacht, wie sie den Sinn ihrer Regel erfüllen können. Nie im Leben wäre da Braukunst entstanden. Aber der Katholik schaut eben nur auf den Buchstaben, und wenn da steht: Flüssiges bricht das Fasten nicht, dann hast du einen Freibrief und ein gutes Gewissen, obwohl du dir Tag für Tag die Hucke vollsäufst. Den schönen, allseits bekömmlichen Ausweg finden, das ist die kulturelle Kraft, verstehst du jetzt? Ein …

Er deutete mit seinen Händen wuchernde Gewächse an.

– … blühender Garten von Freuden, der aus der Ablenkung, der Verhinderung entstanden ist. Das muss doch sogar dir als Hausjesuiten einleuchten!

Mir blieb der Mund offen stehen.

– Was meinst du denn damit: Hausjesuiten?

Er lachte.

– Sage ich immer so. Weil du doch einer von den Kontrollettis bist, den die Direktion geschickt hat. Wie Jesuiten sitzt ihr da, nickt und versteht immer alles. Hinterher kommt ihr dann daher und sagt, da könnten wir doch noch ein bisschen feilen oder dort. Aber Zensur läuft bei mir nicht, kannst du vergessen. Sonst schmeiße ich hin! Außerdem ist doch sowieso klar, dass wir improvisieren müssen, wenn der Ministerpräsident wirklich zurücktritt. Da lässt sich nichts planen …

Um mir Gehör zu verschaffen, war ich es dieses Mal, der mit der flachen Hand auf den Tisch schlug.

– Irrtum! Ganz großer Irrtum. Ich habe damit nichts am Hut. Mir geht es um Wolfertshofer und nicht um dein Programm, verstehst du?

– Ja, zum Donnerwetter, warum machst du denn das Maul nicht auf?

– Hat das bei dir schon mal jemand hinbekommen?

Er schaute auf die Schüssel und den leeren Brezenkorb. Eine fatale Fehlspekulation dämmerte ihm.

– Und die Würste gehen dann auch nicht aufs Haus?

Eine Weile lang herrschte Schweigen.

– Kann ich dich jetzt was zu Wolfertshofer fragen?

– Bist du ein Freund von ihm?

– Kann man sagen. Ich war am letzten Tag dabei.

– Ja sicher, er war im Prinzip kein unrechter Kerl. Guter Mann auf dem Podium.

– Klingt nicht so begeistert.

Brummer deutet auf die Bühne.

– Ich weiß ja nicht, wie es bei dir war, aber du findest keinen da herinnen, bei dem er nicht Schulden gehabt hätte. Und zwar nicht zu knapp. In der Hinsicht war er schon verrufen.

– Schulden? Verstehe ich nicht. Dem ging es doch glänzend. Finanziell, meine ich.

– Jetzt stell dich doch nicht blöder, als du bist! Was glaubst du denn, was der in solchen Nächten, wenn es ihn wieder richtig gejuckt hat, verloren hat!

– Kannst du dich genauer ausdrücken?

– Spielsucht! Das war nicht nur ein, das waren zwei, drei Vermögen, die ihm durch die Finger geronnen sind.

Ich dachte an meine Begegnungen mit ihm zurück. Es stimmte, obwohl es mir damals nicht so wichtig schien: Wolfertshofer spielte andauernd. Der Automat faszinierte ihn ebenso wie die Kartenspieler am Nebentisch.

– Der hat gezockt, und zwar alles oder nichts. Und da ging es ordentlich um was. Haus, Auto…

Auch Dieselhofer hatte mich ja darauf hingewiesen, dass Wolfertshofer praktisch pleite war. Mir fiel es wie Schuppen von den Augen, und ich verstand, dass ich in diesem Licht alles noch einmal neu aufrollen musste.

– Wenn er was gebraucht hat oder anderen was abbetteln wollte, da hat er mit der Brechstange gearbeitet. Das Blaue vom Himmel herunter hat er dir erzählt. Aber wenn du von ihm was gewollt hast, einen Gefallen, eine Unterstützung oder eine Einladung – vergiss es!

Brummer machte eine wegwerfende Bewegung, vermerkte dann aber mit großer Freude, dass ich die Hand hob, um unsere Rechnung zu begleichen.

Ich fuhr mit der Gewissheit nach Hause, dass auch ich einer der Vielen gewesen war, die von Wolfertshofer eingeseift und für seine Zwecke eingespannt worden waren. Traurig genug, denn ich hatte ihn geschätzt und für seine Talente bewundert. Aber die ganze, von mir so heftig durchlittene Geschichte und seine Zwangslage waren immer schon zwei Paar Stiefel gewesen.

47

Zu Hause angekommen, rief ich gleich Dieselhofer an. Im Hintergrund war eine laute Männerstimme zu hören.

– Kleinen Moment, bat er, im Radio sagen sie gerade was zur Kabinettskrise.

Wir schwiegen gemeinsam und erfuhren, dass nichts passieren würde. Man wiegelte ab. Dieselhofer drehte leise und war nun präsent. Ich wollte herausbekommen, wo er in seinen Ermittlungen gelandet war, und dachte, es sei klug, ihn die Initiative übernehmen und reden zu lassen. Er aber ließ sich nicht ins Bockshorn jagen und verlangte von mir einen Bericht über meinen Besuch bei Eyerkauff.

– Habe ich es nicht gesagt: aalglatt der Kerl. Die machen da im Arabellapark oben, was sie wollen. Verdunkelung, Desinformation, aber alles abgesichert. Unsereiner schreibt wegen jedem Schmarren ein Protokoll, und die brauchen noch nicht einmal ein Namensschild. Aber glauben Sie es mir, mit der Wolfertshofer-Sache haben die nichts zu tun.

Dieselhofers Beharrlichkeit, mir das immer wieder ausreden zu wollen, bewirkte das genaue Gegenteil. Sie machte mich zunehmend misstrauisch und grantig.

– Sie wiederholen sich. Was immer ich in diese Richtung andeute, tun Sie als Blödsinn ab. Warum eigentlich?

Dieselhofer schwieg. Ich sah ihn förmlich vor mir, wie er sich wand.

Er räusperte sich.

– Dienstweg. Mehr kann ich nicht sagen, okay?

So war das also. Man hatte ihm einen Wink gegeben. Womöglich hatte ich ihn falsch eingeschätzt. Wie man den Rücken für Verbeugungen wieder geschmeidig bekam, musste er nicht erst bei Pilates lernen.

– Das macht einen richtig neugierig, wer und was dahintersteckt.

– Sie können vielleicht ein sturer Bock sein.

Er räusperte und schnaubte wie ein Ross.

– Sonst noch was?

– Das mit der Spielsucht von Wolfertshofer …

– Wissen wir längst, raunzte er. Die Namen der Schafkopfbrüder von seinem letzten Abend im Wirtshaus liegen komplett vor.

Ich wartete auf weitere Hinweise.

– Wollten Sie was sagen?, fragte ich schließlich.

– Bei aller Liebe, Gossec, Namen gebe ich Ihnen keine. Aber wenn Sie die Herren treffen möchten, morgen Abend sitzen sie wieder zusammen. Wie jeden Donnerstag.

Um ihn wieder lockerer zu machen, rückte ich mit meiner wertvollsten Information heraus.

– Womöglich hat einer von denen in meinen Laden eingebrochen.

– Hoppla, wie kommen Sie dann darauf?

Ich erzählte ihm die Sache mit der Autogrammkarte.

– Und warum gerade die?

– Wegen Foto und Unterschrift von Wolfershofer bricht niemand bei mir ein. Um das Spielprotokoll muss es gegangen sein. Auf der Rückseite waren Gewinn und Verlust notiert.

Dieselhofer überlegte.

– Da ist was dran. Am besten, Sie kommen zu mir aufs Revier, dann gehen wir die ganze Sache noch mal durch und schauen uns die Fotos von den drei Herren an. Vielleicht fällt Ihnen doch noch etwas dazu ein. Ein Hinweis, eine Idee, eine Erinnerung. Probieren wir es halt.

48

Als ich in Dieselhofers Büro auftauchte, stocherte er mit der Plastikgabel in einer Sushibox. Dazu las er die Zeitung.

– Ist praktisch fettfrei, sagte er entschuldigend und faltete die Zeitung zusammen. Dann warf er sie auf den Altpapierhaufen.

– Haben Sie es gelesen heute? Ihre braunen Kameraden sind ja ziemlich solvent.

– Von wem reden Sie denn?

– NKM. Die hätten doch beinahe die Prinz-Rupprecht-Halle gekauft.

Jetzt, wo Dieselhofer das sagte, kam mir die ganze Geschichte völlig absurd vor. Woher sollte dieser zusammengewürfelte Haufen, der in der *Burg Berneck* bei Flaschenbier abhing, so viel Geld haben?

– Nein, davon wusste ich nichts. Ich dachte, es geht um die Partei oder irgendwelche ihrer reichen Unterstützer.

Er deutete auf den Zeitungsstapel.

– Habe ich ausgelesen. Können Sie mitnehmen.

Ich steckte mir die Zeitung in die Jackentasche.

Vorsichtig leckte Dieselhofer an der Gabelspitze, die er ein wenig in das beigegebene Schälchen mit Meerrettich getunkt hatte.

– Scharf!

– Meerrettich.

Ich blickte in ein schmerzgezeichnetes Antlitz.

– Kren?

– Genau. Nur ohne Tellerfleisch.

Sorgfältig und ohne Hast drückte er den Deckel auf seine Sushibox und stellte sie beiseite.

– Wird ja nicht kalt.

Dann fuhr er mit seinem Bürostuhl ein Stück nach hinten, um besseren Rufkontakt nach nebenan zu haben.

– Kriegen wir wenigstens einen Kaffee?

Nun kamen wir zur Sache. Dieselhofer interessierte sich für jedes Detail auf der Rückseite der Autogrammkarte. Aber ich konnte nicht mehr beisteuern, als dass es Zahlenkolonnen waren, wie sie beim Kartenspiel von Spielrunde zu Spielrunde notiert wurden.

– Hat es einen Saldo gegeben? Erinnern Sie sich, wer gewonnen und wer verloren hat?

Ich schüttelte den Kopf.

Dieselhofer zog aus der Schublade seines Schreibtischs die Fotos der Schafkopfbrüder hervor und reichte sie mir herüber. Ich studierte jedes Foto. Tatsächlich erinnerte ich mich an den einen seines Schnauzers wegen. Aber das war es auch schon.

– Nette, biedere Herren allesamt. Zwei Familienväter, einer von auswärts. Ein Schreiner. Und?

Ich zuckte die Achseln.

– Nichts.

Resigniert schob Dieselhofer sein Material in die Schublade zurück.

– Ich glaube ja immer noch, dass der Knoten, der nicht aufgehen mag, bei Ihnen im Kopf drinnen ist. Aber was soll man machen?

Er schaute auf die Uhr.

– Jessas, ich habe ja noch einen Termin. Haftprüfung.

Wir verabschiedeten uns.

Ich zog mir draußen am Automaten den Kaffee, den ich drinnen nicht bekommen hatte, und schaute in der Zeitung nach dem Artikel. Dieselhofer hatte recht, tatsächlich hatten die NKM versucht, die Halle zu kaufen. Als ich den Blick von der Zeitung hob, erschrak ich. Am Ende des Gangs kam der Inspektor mit einem kleinen grauen Mann um die Ecke, den man leicht übersehen konnte. Beide waren ins Gespräch vertieft. Als sie in einem der Räume verschwanden, war ich ganz sicher, dass es sich bei dem zweiten um den unauffälligen Herrn Ernstel gehandelt hatte.

Was machte der denn hier?

49

Unten, vor dem Haupteingang des Präsidiums, lungerte ich Zeitung lesend herum. Herrn Ernstel würde ich mir vorknöpfen. Keine Viertelstunde war vergangen, und schon kam er auf die Straße gestürmt. Er hatte Eile und hielt sein Handy ans Ohr gepresst. War er in Schwierigkeiten? Für seine Verhältnisse gestikulierte er beherzt mit dem Zeigefinger. Ich folgte ihm. Von der Fußgängerzone bog er in den Färbergraben ein. Ich ahnte bald, wohin die Reise gehen sollte. Wenig später stand ich vor dem *Goldenen Prag*, in das Ernstel eiligen Schritts gestürmt war.

Als ich mit einem gewissen Sicherheitsabstand ebenfalls das Lokal betreten wollte, fing mich schon am Eingang einer der freundlichen schwarz-weißen Kellner ab. Er bedauerte, mich nicht einlassen zu können. Leider sei heute geschlossene Gesellschaft. In etwa einer guten Stunde habe man wieder für alle geöffnet. Ich linste über seine Schultern hinweg nach drinnen, konnte aber nichts Außergewöhnliches erkennen. Die Tische waren spärlich besetzt, offenbar fand die Gesellschaft im Nebenraum statt, in den gerade ein Kellner eine Kanne Kaffee trug.

So einfach ließ ich mich nicht abschütteln. Ich umkreiste den ganzen Block und fand in einer der kleinen Seitenstraßen eine offene Zufahrt. In dem weitläufigen Innenhof hatte man sich rasch orientiert; die Dünste der böhmische Küche wurden über große Ventilatoren nach außen geblasen. Auch ein weiterer Eingang war vorhanden, wahrscheinlich für Lieferanten, die auf diesem Weg ihre Ware in das Lokal brachten.

Um den großen Herd herum herrschte geschäftiges Treiben von Weißkitteln in Pepitahosen. Ich drückte vorsichtig die Klinke herunter und öffnete sacht die Tür. Eine Treppe führte nach unten, von dort wehte mir ein biergesättigter, kühler Kellergeruch entgegen. Ich tastete mich jedoch weiter den Gang entlang, ging an der Küche vorbei, die man durch eine Schwingtür betreten konnte, und war nun schon bei der Garderobe und den Toiletten angekommen. Aus einem Zimmer, das mit dem Türschild *Privat* vor unbefugtem Zutritt geschützt war, tönte das unausgesetzte Lamentieren eines Mannes. Offenbar gab es Streit.

– Das ist doch eine absolute Katastrophe. Dieser Tölpel gehört doch entlassen.

Ich blieb stehen und lauschte.

– Alles versaut.

– Wir tun unser Bestes, das wieder gutzumachen, erwiderte eine weitere Männerstimme in sehr höflichem Ton.

Ich bemerkte, dass die Tür nicht geschlossen war. Mit den Fingerspitzen, so zart, als gelte es, einen wackligen Mikadostab aufzunehmen, schob ich sie ein wenig weiter auf. Was ich zunächst wahrnahm, wirkte befremdend für ein Lokal dieser Solidität und Güteklasse: Ein Mann in Unterwäsche hockte auf einem Stuhl. Jetzt kam ein Kellner in mein Blickfeld. Er hatte eine nasse graue Hose in der Hand.

– Mit einem Föhn ginge es schneller.

– Lassen Sie mich erst mal riechen.

Der Mann in weißer Unterwäsche beschnüffelte die Hose.

– Also, ich weiß nicht! Mit dem bisschen Waschen kriegen Sie doch die zwei Halben nicht raus.

– Wenn die Hose trocken ist, ist das alles verschwunden. Nasses Hundefell hat auch einen viel stärkeren …

– Jetzt auch noch frech werden, was? Der bloße Verdacht reicht in meiner Position: Der Mann riecht nach Bier, heißt es dann, der trinkt im Dienst. Als Chauffeur fliegst du da hochkant.

Der Kellner hängte die Hose auf einen Bügel und begann zu föhnen. Ich hatte genug gehört und gesehen. Die Reparatur eines Bedienungsmalheurs war nicht mein Problem. Allerdings verstand ich nun, dass die Chauffeursmütze und das graue Jackett, die an der Garderobe hingen, zur Dienstkleidung des Pechvogels gehörten. Ich schnappte mir beides, denn die Trocknungsprozedur würde mit Sicherheit noch eine ganze Weile in Anspruch nehmen. Als ich in die Jacke schlüpfte, verstand ich die Anspielung des Kellners mit dem nassen Hundefell. Offenbar hatte der Mann auch noch andere Geruchsprobleme, denn das Jackett verströmte die scharfe Aura eines Desinfektionsmittels. Offenbar benutzte der Mann ein Deodorant von der Eleganz eines Urinalwürfels.

Endlich drang ich in den Gastraum des Lokals vor. Weit kam ich jedoch nicht.

– Endlich, Otto, wo stecken Sie denn?

Ich spürte einen harten Klammergriff am Oberarm und wurde unsanft herumgedreht.

– Gossec? Das ist ja gelungen!

Ich blickte in das Gesicht von Landsdorfer. Er machte eine kurze Kopfbewegung zu einem in der Nähe stehenden hochgewachsenen Mann. Er wirkte auch sonst sehr austrainiert.

– Zivilpolizei, sagte eine fast sanft anmutende Stimme hinter mir, die in seltsamem Kontrast zu der Tatze stand, die sich auf meinen Unterarm legte.

– Dass sich ein Mensch in solche Bodenlosigkeiten hineinsteigern kann! Unfassbar!

Landsdorfer schüttelte sein kurz geschorenes Haupt.

– Immer noch auf der Spur der ganz großen Verschwörung?

Eine Antwort erwartete er nicht. Hinter Landsdorfer lugte ein dicker Mann hervor. Sein Anzug war zu gut für einen Kellner, aber dem Kleidungsstil nach gehörte er zum Haus.

– Den kenne ich auch, sagte er.

Sein fleischiges Gesicht war von einer quer laufenden Narbe entstellt.

– Sie haben doch damals mit dem Bolzmann zusammengearbeitet. Bei dieser Depotgeschichte.

Ich erkannte Innerkofler und erschrak. Landsdorfer drängte ihn beiseite.

– Lass die alten Geschichten. Wir haben jetzt andere Probleme.

Er wendete sich wieder an mich.

– Was haben Sie mit Otto gemacht?

– Sitzt im Separee neben der Toilette. Man hat ihn mit Bier begossen.

Landsdorfer zog eine skeptische Stirnfalte und verschwand mit Innerkofler, der offensichtlich der Wirt war, in die bezeichnete Richtung. Kurze Zeit später kam er allein zurück. In seiner erhobenen Linken ließ er einen Autoschlüssel pendeln.

– Ist in Ordnung, sagte er zu dem Zivilen.

Mein Unterarm wurde um eine schwere Tatze leichter. Landsdorfer ließ den Schlüssel in meine Hand fallen.

– Sie fahren uns jetzt in die Staatskanzlei hinüber.

Ich wollte protestieren, er schnitt mir jedoch das Wort ab.

– Einen problemloseren Abgang hier hinaus kriegen Sie

definitiv nicht geboten. Der Beamte wird Ihnen den Wagen zeigen. Alles klar?

Ich nickte, und wir verließen das Lokal. In unmittelbarer Nähe des Restaurants parkte eine stattliche Limousine, wie sie auch Politiker gerne benutzen, es sei denn, sie müssen bei einem Klimaschutzgipfel vorfahren.

Landsdorfer bestieg den Wagen in Begleitung eines Mannes. Der trug den Kragen seines Mantels hochgeschlagen und machte einen abwesenden Eindruck. Landsdorfer redete unausgesetzt auf ihn ein. Er hatte einen schwarzen, ledergebundenen Planer aufgeschlagen und repetierte Termine. Kurz vor dem Lenbachplatz hatte ich meine Nervosität abgelegt und versuchte den anderen im Rückspiegel zu mustern. Sein Gesicht war blass und sorgengefurcht. Dazu wirkte er abgespannt und krank. Ich verwarf den Gedanken, der in mir zu nagen begonnen hatte. Hätte er die gewohnt frische Farbe, das polternde Auftreten und massiger wirkende Statur gehabt, hätte ich gesagt, es handle sich um unseren Ministerpräsidenten. Aber einer wie ich konnte sich da nicht sicher sein.

Wortlos verließ er den Wagen und strebte dem Eingang der Staatskanzlei entgegen, ohne sich auch nur einmal umzudrehen. Der Schlag stand noch offen. Landsdorfer tippte mir auf die Schulter.

– Fahren Sie den Wagen in die Tiefgarage dort vorne, legen Sie die Uniform rein. Schlüssel lassen Sie stecken.

Er stieg aus und streckte noch einmal den Kopf herein.

– Ich sehe Sie morgen in meiner Kanzlei. Punkt zehn.

Er warf die Tür zu und verschwand ebenfalls in dem Gebäude.

50

Ich schlief traumlos tief. Wie schon seit Wochen wachte ich morgens mit einem so klaren Kopf auf, dass ich fast schon vergessen hatte, wie sich ein Kater anfühlte. Als ich an meine Ladenkasse ging, um mir ein wenig Kleingeld für Frühstückshörnchen abzuzwacken, stellte ich fest, dass das Wort Ebbe nur mehr unzureichend beschrieb, was ich dort vorfand. Wann hatte ich eigentlich zuletzt gut verkauft? Eine eisige Angst packte mich am Arsch. Bald konnte ich nach nebenan in die Arbeitsagentur kriechen, um mich für Hartz IV auspeitschen zu lassen.

Ich pulte die letzten drei, schon etwas betagten Prinzenkekse aus der Packung und trank einen Kaffee. In was für einen aussichtslosen Fall hatte ich mich da hineingebaggert! Ich ließ alles schleifen, das Geschäft, meine Beziehung und kam dennoch nicht vom Fleck. Ich setzte mir ein Limit bis zum Wochenende. Wenn ich bis dahin nichts erreicht hatte, wollte ich wenigstens dafür sorgen, dass ich nicht in ein Pennerdasein abrutschte.

Wie bestellt rief Julius an, um festzustellen, ob ich ohne therapeutische Intervention über den Tag kommen würde.

– Hast du schon deinen Rechner laufen?, fragte ich.

– Was willst du wissen?

– Diese Freimanner Bürgerinitiative wegen der Prinz-Rupprecht-Halle hat doch sicher eine Website.

Ich hörte seine Tastatur klappern.

– Dachte ich mir doch, dass dich das interessiert. Was brauchst du?

– Einen Namen, eine Nummer.

Er nannte mir Herrmann Dörfler, mit dem ich kurz danach telefonierte. Ich sagte, dass wir in der Innenstadt auch zunehmend mit Neonazis zu tun hätten, ob ich mir da ein paar Tipps von einem erfahrenen Kämpfer wie ihm abholen könnte. Dörfler zeigte sich geschmeichelt. Jederzeit. Heute Nachmittag sei zudem das Bürgerbüro geöffnet. Ich versprach vorbeizuschauen.

Jetzt, da ich so flott am Telefonieren war, rutschte mir fast wie von selbst Emmas Büronummer heraus. Es hieß, sie sei unterwegs und daher nicht am Platz. Ob ich später noch einmal anrufen könne?

Ich schaltete das Radio ein. Ein akademischer Regensburger Spezialist erklärte gerade näselnd im Telefoninterview, warum der gestern vollzogene Rücktritt des bayerischen Ministerpräsidenten logisch sei. Er habe jeden Rückhalt in der Partei verloren. Dazu habe er es sich mit den wichtigen Interessengruppen draußen durch seine unbedachten Äußerungen verscherzt. Außerdem müsse die Partei mit der Erkenntnis leben, dass sich seit Strauß selig keiner mehr zum unangefochtenen Vorsitzenden habe aufschwingen können. Diese goldene Analyse war so haltbar wie Presssack in Dosen und ließ sich beim nächsten Mal wiederverwenden. In der Kurzzusammenfassung der Nachrichten wurde noch einmal festgehalten, dass der Ministerpräsident gestern Abend resigniert und seinen Rücktritt erklärt hatte.

Ich wählte die Nummer von Landsdorfers Kanzlei und fragte, ob mein Name denn angesichts der aktuellen Lage noch im Terminkalender stehe. Das nun nicht gerade, hieß es dort, aber man erwarte mich. Eingedenk meiner schmalen Kasse packte ich zum wiederholten Mal den Prinzregenten in den Bus und fuhr los. Nach einiger Überlegung kramte ich auch die gestohlene Fotografie hervor und legte sie dazu.

51

Im Wartezimmer verbrachte ich nur kurze Zeit, immerhin ausreichend, um das mitgenommene Foto wieder an seinen angestammten Platz zurückzuhängen. Dann empfing mich Landsdorfer in seinem Arbeitszimmer, netterweise an der Tür, denn sein Schreibtisch war in dem weitläufigen Raum allenfalls in Rufweite. Hätte man sich in einem normal großen Haus befunden, hätte man bei der Gestaltung seines Zimmers von Wintergarten gesprochen. Die breite Glasfront jedoch, die in die ausgedehnte Terrasse hinausragte, wirkte eher wie die Kommandobrücke eines Luxusliners. Auf dem Tisch waren Kaffee und Gebäck hergerichtet, darunter auch zwei zuckergussglänzende Nusshörnchen, die mir *nimm mich!* zuflüsterten. Ich zierte mich noch eine Weile, weil Edelhörnchen in einer solch feudalen Umgebung womöglich mit der Kuchenzange anzufassen und rundherum abzunagen waren. Als aber Landsdorfer selber mit den Fingern puderzuckerbestäubtes Plundergebäck herausfischte, kannte ich kein Halten mehr.

– Sollten Sie in diesen Turbulenzen nicht anderswo sein, fragte ich schallgedämpft durch das Hörnchen im Mund, um das Gespräch mit etwas Nettem zu eröffnen.

Landsdorfer blies und wischte sich Puderzucker vom Revers.

– Alle Entscheidungen sind bereits gefallen. Und nur dass das klar ist: Einer wie ich, der schon so viel in der Politik erlebt hat, ist in solchen Situationen immer als Berater gefragt. Auch wenn es nichts nützt, fügte er nach einer Weile hinzu.

Er nahm einen Schluck aus der Tasse.

– Aber das geht Sie, wie alles andere auch, was ich sonst so mache, einen feuchten Kehricht an. Was wollen Sie eigentlich?

– Wolfertshofer …

Mehr musste ich gar nicht sagen. Landsdorfers Gesicht verfärbte sich ungut.

– Der Mann war nett und witzig. Punkt. Ansonsten war er genau derselbe kleine Kläffer wie alle anderen Brettlartisten auch. An dem, was der gewusst hat, war weder etwas wichtig noch gefährlich. Brosamen waren das, aber allerhöchstens! Was glauben Sie denn, wie Politik funktioniert? Dass wir jemanden von Rott am Inn zum Böhmerwald hochschicken, um einen neuen Strauß zu finden? Ja seid ihr denn alle deppert? Jetzt lassen wir mal den ganzen Schmarren beiseite: Was, glauben Sie, könnte uns am Tod von Wolfertshofer denn genützt haben? Wir lassen ihm Informationen zukommen, für die wir ihn dann umbringen, oder wie? Nennen Sie mir nur ein einziges Motiv.

Ich schwieg zunächst, weil ich nichts Schlagkräftiges zu erwidern wusste.

– Mag ja sein, sagte ich schließlich. Aber genau das würde ich gerne verstehen. Und Tatsache ist, dass mir jemand ans Leder zu gehen versucht, seit ich in diese Geschichte verwickelt bin.

– Zufall. Wenn hier ein Fahrrad umfällt und dort eine Bombe hochgeht, muss das ja nichts miteinander zu tun haben. Außerdem: Warum klären Sie das denn nicht mit dem Dieselhofer? Das ist doch ein guter Mann.

– Ihrer?

Landsdorfer schaute mich verblüfft an.

– Gestern in der Ettstraße. Wer läuft mir da über den Weg?

– Daher weht der Wind! Haftprüfungstermin. Wir haben einen Mandanten da drin sitzen. Was glauben Sie denn, was wir als Kanzlei den ganzen Tag machen?

Er leerte seine Kaffeetasse, setzte sie ab und wollte nun sichtlich zu einem Abschluss kommen.

– Wenn hier einer nicht geglaubt hätte, er sei noch witziger als die ganze Komikerzunft, dann würden wir diesen Blödsinn überhaupt nicht verhandeln.

– Eyerkauff?

Landsdorfer knurrte wie ein alter Köter.

– Weswegen ich Sie hergebeten habe …

– Aha!

– Die Sache mit Innerkofler. Dieser Unfall damals wurde nie aufgeklärt.

– Nicht meine Sache. Und was kümmert Sie das?

– Innerkofler ist auch einer von uns. Außerdem habe ich ihn in dieser Angelegenheit unterstützt und versucht, die geschäftlichen Folgen seines Unfalls abzufedern.

– Ich habe aber nichts damit zu tun. Nachdem Sie ja über alles so gut informiert sind, wissen Sie sicher, dass meine Partnerschaft mit Stan Bolzmann kurz danach zu Ende ging.

– Eben. Deswegen frage ich ja.

Ich schwieg. Landsdorfer bemerkte, wie ich mich wand.

– Heute würde man mit einer DNA-Analyse kleinste Spuren zuordnen können, sagte er. Damals hatten wir die Möglichkeit noch nicht.

Ich gab mir einen Ruck.

– Wenn man wüsste, wie Innerkofler an dem betreffenden Abend angezogen war, käme man ein Stück weiter.

– Wir haben an dem Abend bei ihm getagt. Er trug wie immer damals einen grauen Lodenjanker.

Landsdorfer beobachtete mich genau. Er ahnte, dass ich in Entscheidungsnöten steckte.

– Sie werden schon wissen, was zu tun ist. Jedenfalls rechne ich mit Ihrer Mithilfe in dieser Sache.

Er schaute auf seine Armbanduhr.

– Ich glaube, wir haben es dann?

– Fast. Was ist mit dem Prinzregenten?

– Gut, packen Sie das Bild aus. Das kriegen wir auch noch hin.

Ich holte das Bild und entfernte die Decke, in die ich es eingepackt hatte. Er musterte es eine Weile lang.

– Na ja, sagte er dann skeptisch. Also der Prinzregent interessiert mich überhaupt nicht. Ich will nur wissen, ob das wirklich der Zipfelsbach ist?

Als guter Verkäufer bestätigte ich dies nachdrücklich. Wenn es den Ausschlag gegeben hätte, hätte ich auch das Gegenteil beurkundet. Hauptsache, die Ware fließt ab; an dieser Devise muss sich jeder Händler orientieren, zumal, wenn er klamm ist.

– Also gut, gab Landsdorfer seinen Beschluss bekannt. Ich habe ein Ferienhaus in der Nähe, bei Hindelang, und da hängen wir das auf. Zwölfhundert, das passt doch?

Ich nickte. In meiner bedrängten Situation hätte ich auch für deutlich weniger abgeschlossen.

Wir verabschiedeten uns.

– So ein Querschädel wie Sie holt sich gern einmal eine blutige Nase. Passen Sie auf sich auf!

52

Ich fuhr gleich nach Freimann hinüber. Deutlich früher als geplant langte ich dort an. Die Tür des barackenartigen Büros war noch geschlossen. Ich klopfte, und nach einer Weile öffnete Dörfler. Er hatte seine blonden Haare zu einem Schopf gebunden und roch ganz ayurvedamäßig nach Massageöl.

– Bin gerade beim Essen, sagte er.

– Lassen Sie sich nicht stören, ich warte.

Auf dem Tisch stand ein Schälchen mit lecker Reis und Sprossen, die er gekonnt mit Stäbchen in den Mund beförderte. Er tunkte die Häppchen wahlweise in eine rote, grüne oder braune Soße. Ich war froh, dass ich der Versuchung widerstanden hatte, mir vom Metzger eine Leberkässemmel mitzunehmen. Der Komment war hier entschieden ein anderer, und das Fleischteil hätte meinen Punktestand ziemlich ins Minus rauschen lassen.

So lange Dörfler aß, sah ich mich um. Den aufgehängten Plakaten nach war er so etwas wie eine ökologische Allzweckwaffe. Gegen den Ausbau des Münchner Flughafens und weitere Zerstörung des Erdinger Mooses war er ebenso wie gegen ein geplantes Großbordell an der Freisinger Landstraße oder den Betrieb des Garchinger Atom-Eis.

– Und, sagte er kauend, jetzt habt ihr drinnen in der Stadt auch Probleme?

Ich nickte. Natürlich duzte er mich.

– Wie lief das bei euch mit der Prinz-Rupprecht-Halle, erzähl doch mal!

Er tupfte sich den Mund ab.

– Eigentlich optimal. Erst mal muss man sagen, dass der Bolzmann von Anfang an mit uns kooperiert hat. Das ist ja auch nicht selbstverständlich.

– Inwiefern?

– Nachdem er spitzgekriegt hat, dass ihn die Rechten geleimt hatten, ist er zu uns in die Bezirksversammlung gekommen, hat sich hingestellt und gesagt: Leute, ich sitze ziemlich in der Scheiße.

– Aha!

– Fand ich gut. Geradeheraus und offen.

– Und was habt ihr dann gemacht?

– Öffentlichkeit. Erst mal musst du darüber einen Druck erzeugen, verstehst du? Presse, Rundfunk und so. Die Leute können sich nur über etwas aufregen, wenn sie davon wissen. Klar, oder?

– Kleine Kampagne?

Er lächelte zufrieden und striegelte mit den Fingern seinen Schopf.

– Hat gut geklappt.

– Warum sollte die Halle denn überhaupt verkauft werden?

Er vollführte mit Armen und Schultern eine Geste großer Hilflosigkeit.

– Kultur hier draußen? Ganz schwer! Bei dem Überangebot.

– Aber es gab doch Theater, Kabarett und solche Veranstaltungen.

– Aber in der großen Halle, gab er zu bedenken. Dafür haben sie ja ohnehin schon einen kleineren Teil abgetrennt. Sonst sitzen hundert Leute in einem Raum für tausend.

Die Sache war klar. Stan hatte sein Projekt in die Miesen gefahren. Er brachte in der Prinz-Rupprecht-Halle nichts mehr auf die Beine, was sich wirklich rentiert hätte. Und ich konnte mir lebhaft vorstellen, wie druckvoll er versuchte, das Gebäude zu verkaufen. An wen auch immer.

– Aber wo ist jetzt das Problem, eine solche Immobilie gewinnbringend zu verkaufen? Da müsste es doch Interessenten ohne Ende geben.

Dörfler lächelte und striegelte.

– Siehst du, da muss man sich eben schon ein bisschen auskennen. Die Halle ist damals von der Stadt mit der Auflage verkauft worden, dass dort, zu einem gewissen Teil zumindest, eine kulturelle Nutzung stattfinden muss. Und deswegen hat sich außer den Neonazis niemand für die Halle interessiert, verstehst du?

Ich ahnte, was nun kommen würde, und Dörfler servierte es postwendend.

– Und das war der Hebel für uns, da gab es Spielraum. Durch die Initiative ist erreicht worden, dass die Stadt die Auflage aufheben möchte. Ist ja auch das Mindeste, denn Geld gegen rechts zum Rückkauf wollen die nicht aufbringen.

– Und jetzt?

– Jetzt hat eine Kooperative zugegriffen, die wir immer

favorisiert haben. Da haben sich verschiedene Firmen zusammengeschlossen, die dort jetzt eine Art großen Bauernmarkt und Spezialläden für verschiedene Bioartikel anbieten wollen.

Was für ein Wurf! Ein Biodiscounter am Stadtrand. Im Gewerbegebiet mit ausreichend Parkplätzen. Dörfler freute sich.

– Ein schöner Erfolg, oder? Die Rechten zurückgekämpft!

– Kann man wohl sagen, entgegnete ich grimmig.

Mehr musste ich nicht wissen. Da hatte sich Stan Bolzmann eine wunderbare Strategie zurechtgetüftelt, die er mithilfe solcher nützlicher Idioten in die Tat umsetzte. Unterm Strich hatte seine angegammelte Immobilie eine enorme Wertsteigerung erfahren. Noch dazu hatte man ihm einen passenden Investor besorgt.

53

Allmählich setzte sich in meinem Kopf das ganze Bild zusammen. Um meinen Verdacht zu stützen, fehlten mir allerdings noch entscheidende Details. Aber ich war sicher, die Nase richtig im Wind zu haben.

Auf dem Rückweg zum Bus holte ich mir meine Metzgersemmel. Aus Trotz gegen den Biodiscounter. Der Kleinhandel ist an sich schon ein Biotop und muss unterstützt werden. Außerdem betrieb ich selbst einen. Nur dort gab es noch Fachwissen, das sich in kluger Beratung widerspiegelte, und die unbedingte Liebe zum eigenen Produkt. Und die war dem

Metzgermeister anzusehen. Wie ein Kostverächter wirkte er nicht, eher wie einer, der abends selbst aufaß, was er untertags nicht verkaufen konnte. Mit Fug und Recht durfte einmal auf seinem Grabstein stehen, dass er sich mit Leib und Seele dem Fleischerhandwerk verschrieben hatte. Rotgesichtig, von mächtigem Hochdruck und ebensolchem Blutfettspiegel gezeichnet, empfahl er mir die Semmel mit Kalbskäs, weil sie genauso schmackhaft, aber eben ein bisschen magerer sei, und gab damit ein Beispiel, wie der Einzelhandel auf die Anforderungen der heutigen Zeit reagierte. Und er hatte recht, sie schmeckte wirklich gut.

Ich fuhr nach Hause und ging gleich bei Julius vorbei. Früher, als er noch Hardware zusammengeschraubt und repariert hatte, glich sein Büro einer Höhle, in der von Decke und Fußboden elektronische Teile einander entgegenwuchsen. Inzwischen hatte er vollständig auf Software umgesattelt und den Raum entrümpelt. Außer einigen Rechnern und Abfalltüten mit Plastikterrinen gab es dort vor allem seine Bassgitarre mit Verstärker, um sich zwischendurch mit Musik ablenken zu können.

Als ich hereinkam, lag Julius flach auf einer Bastmatte im Eck und schnarchte. Durch exzessives Meditieren im Lotussitz hatte er sich eine Schleimbeutelentzündung in beiden Knien geholt. Der Arzt hatte ihm dringend empfohlen, seine Sitzhaltung zu verändern. Seither streckte er sich auf einer Bastmatte aus und entspannte dort durch seine jahrelange Übung so vollständig, dass er zumeist rasch einschlief.

Ich gab ihm anstandshalber zehn Minuten, dann schnippte ich mit den Fingern. Sein Schnorcheln wurde unwillig, schließlich hob er den Kopf.

– Warum hast du mich nicht geweckt?

Er stand auf und machte die letzte Übung des Samurai, die übersetzt lautet: Von der inneren Ruhe zum kraftvollen Handeln. Dann kreuzte er die Arme auf der Brust und verbeugte sich.

– Was kann ich für Sie tun, Meister?

– Irdischer geht es gar nicht: Wie kann ich feststellen, ob eine Firma finanzielle Schwierigkeiten hat?

Julius starrte mich so kurzsichtig wie ein Maulwurf an. Mit meiner Frage hatte ich ihn aus dem Garten der sich verzweigenden Pfade der Weisheit mitten hinein in das Zentrum des Kapitalismus katapultiert.

– Auch eine Tasse grünen Tee?

Er wollte kein Antwort, sondern Zeit. Ohne sich von irgendetwas ablenken zu lassen, bereitete er eine Kanne Tee und goss uns ein.

– Das Einfachste wäre, du suchst in Internet. Dort werden nämlich seit einiger Zeit Bilanzen veröffentlicht. Ist es eine GmbH?

Ich zuckte die Achseln.

– Bolzmann eben. Würdest du für mich?

Julius klapperte auf seiner Tastatur.

– Hier: Bolzmann Kulturwerkstatt. Die letzten beiden Jahre.

Ich beugte mich über seine Schulter.

– Sieht doch gut aus.

Julius ließ ein höhnisches Lachen hören.

– So gut wie bei mir damals, als ich am Abnippeln war. Ach was, noch katastrophaler!

– Erklär es mir.

– Eine Bilanz muss immer ausgeglichen sein. Wenn die Firma das nicht mehr hinkriegt, muss sie Insolvenz anmelden. Hier, das ist das Entscheidende!

Er deutete mit Mauszeiger auf die Stelle.

– Betriebsergebnis schwer negativ.

Nun steuerte er einen anderen Posten an.

– Und hier: Ausgeglichen ist das Ganze durch eine Gesellschaftereinlage.

– Und das heißt?

– Er hat sich wahrscheinlich jede Menge Geld geliehen und in die Firma eingeschossen. Wenn sich die Lage inzwischen nicht vollkommen verändert hat, muss man bei diesen Summen annehmen, dass der Mann viel unterwegs ist, um den nötigen Geldnachschub zu besorgen.

– Genau das habe ich vermutet. Danke!

Ich umarmte ihn.

– Jetzt krieg ich ihn am Wickel. Aber zuerst muss ich noch zu den Kartenspielern, um absolut sicherzugehen.

Ich hob zum Abschied die Hand. Julius zuckte die Achseln und wendete sich seinen Rechnern zu.

54

Ich ging hinüber zum *Schlachthof.* Schnell hatte ich in dem belebten Wirtshaus den Schreiner gefunden, den ich mir wegen seines Schnauzers als Mitspieler von Wolfertshofers Kartenrunde hatte merken können. Die vier am Tisch mochte ein Auswärtiger für Halbdebile auf Freigang halten, der Einheimische jedoch erkannte in ihnen sofort die Schafkopfexperten. Sie sprachen Worte und Sätze, die an Sentenzen aus einem Bauernkalender erinnerten. Der Schafkopfer hat für nahezu jede Situation des Spiels einen Spruch parat, mit dem die fällige Aktion und Reaktion in eine knorrige Regel geschnitzt sind. Die gebetsmühlenhafte Wiederholung auch nur um ein Jota zu verändern, ist kein Zeichen von Originalität, sondern Ungeschicklichkeit. Natürlich sind manche Formulierungen so gelungen, dass man sie nicht oft genug zitieren kann. Findet man zum richtigen Zeitpunkt das rechte Wort, ist einem normalerweise Anerkennung gewiss. Für die derbe Schafkopfsprache, in der man sich auch noch mit sechs Bier im Leib astrein ausdrücken kann, gilt dies nicht; es muss halt gesagt werden, was gesagt werden muss. Den vier ausgefuchsten Spielern jedoch war dieses Ritual ein Quell beständiger Freude. Man amüsierte sich königlich.

Der Schreiner saß an dem gewohnten Platz und klopfte seine Trümpfe wie Schläge auf den Arsch des Gegners herunter. Nach erfolgreichem Abschluss des Solos schnappte er sich das Schälchen mit dem Geldeinsatz in der Mitte und leerte es vor sich aus. Der fällige Rest wurde nachbezahlt. Ich stellte mich kurz vor und sagte, ich sei ein Freund von Wolfertshofer.

– Zahlt ihr immer gleich aus?

Er nickte.

– Immer. Direkt nach dem Spiel. Sonst hast du Schwierigkeiten und kriegst dein Geld nicht mehr.

– Und an dem Abend mit Wolfertshofer?

Er schaute mich an.

– Dasselbe hat mich der Inspektor auch gefragt. Pass auf: Wir schreiben grundsätzlich nicht auf.

Eigentlich wusste ich schon, was ich hatte erfahren wollen.

– Und Bolzmann, der Grauhaarige in dem schwarzen Anzug, war der noch da? Ich meine: Könnten Wolfertshofer und er später alleine gespielt haben?

Er zuckte die Achseln.

– Was weiß ich? Für mich ist hier spätestens um zwölf Schluss. Ich komme ja von auswärts. Aber das könnte schon sein, dass die hinterher noch weitergespielt haben. Der Graue war eine Zeit lang weg, dann hat er sich wieder dazugesetzt. Ich weiß nur eines: Schafkopfen kann der nicht, so dumm wie der dahergeredet hat.

– Poker?

Wieder zuckte er die Achseln.

– Entschuldigst schon. Aber es geht ja kein Spiel mehr zusammen, wenn ich dauernd rede.

War schon in Ordnung. Seine Auskünfte waren bereits erschöpfend, ich bedankte mich und ging.

55

Eine Zeit lang hatte ich mit dem Gedanken gespielt, gleich zu Stan aufzubrechen. Diese Idee verwarf ich jedoch wieder, es war zu spät, ihn noch in seinem Büro aufzutreiben. Ich musste bis morgen früh warten. Auf meinem Anrufbeantworter war Dieselhofer. Er müsse mich dringend sprechen. Ich ahnte, worum es ging. Bestimmt hatte er denselben Verdacht wie ich. Zurückrufen wollte ich ihn nicht. Natürlich würde er versuchen, mein Treffen mit Stan zu vereiteln. Die Überführung eines Täters betrachtete er als seine Angelegenheit.

Aber ich brauchte diese letzte Konfrontation. Es ging nicht nur um einen Fall, ein Stück meiner Lebensgeschichte musste zum Abschluss gebracht werden. Allerdings war ich es Dieselhofer schuldig, ihm meine Erkenntnisse mitzuteilen. Ich setzte mich hin und schrieb alles nieder, was ich wusste. Bei dieser Arbeit hatte ich ausreichend Gelegenheit, meine Gedanken zu klären und alles noch einmal Revue passieren zu lassen. Am Ende war ich ganz sicher, dass ich mich nicht auf dem Holzweg befand. Ich steckte die Papiere in einen Umschlag, den ich an Dieselhofer adressierte. Diesen Brief trug ich sofort zum Postkasten. Mein Wissen in die Welt gebracht zu haben, erleichterte mich und gab mir für morgen Rückhalt.

Dann legte ich mich auf meine Chaiselongue und starrte gegen die Decke. War es richtig, wenn Stan mich eine Null, eine Niete nannte? Weiter als zum Hinterhoftrödler hatte ich es nie gebracht. Geld oder ein Geschäft hatte ich zwar nie ausgeschlagen, aber eine gute und vor allem reelle Gelegenheit, einen Sack Gold abzuschleppen, war mir dabei nie gewährt worden. Doch meinen Weg konnte man guten Mutes weitergehen, der von Stan hingegen war zu Ende.

Allerdings wies auch meine Geschichte einen Makel auf. Es war ein großer Fehler gewesen, die Sache mit ihm nicht schon damals erledigt zu haben. Eingeklemmt in eine vermeintliche Freundesloyalität, hatte ich mich auf die Kumpanei mit einem skrupellosen Kerl eingelassen. Womöglich hatte ich ihn damit auf seinem Weg bestätigt. Wie sollte er innehalten, wenn ihm niemand Widerstand leistete? Seine Methoden funktionierten. Dorthin, zu diesem Punkt, musste ich zurück; meine Vergangenheit hatte mich eingeholt.

Und ich hatte Angst. Stan war eigentlich ein überlegener Gegner. Schon früher war er gedanklich schneller und durchsetzungsfähiger gewesen. Ich hatte das stets anerkannt und mich ihm untergeordnet. Diesen Unterwerfungsreflex ihm gegenüber bekam ich nicht weg. Ich würde ihn nur dann in den Griff bekommen, wenn ich das Überraschungsmoment auf meiner Seite hatte. Darauf hoffte ich.

Ich brühte mir noch einen Tee auf. Der Gedanke an Essen war mir zuwider, besser war es zu fasten, um die Ausrichtung auf den morgigen Tag nicht zu verlieren. Die Konzentration, die ich aufzubringen hatte, dachte ich mir als Pfeil, der vom Bogen schnellte und geradeaus ins Ziel flog.

Später rief noch Julius an, um sich nach mir zu erkundigen. Ich hörte seine Stimme über meinen Anrufbeantworter, nahm aber den Hörer nicht ab. Weit nach Mitternacht schlief ich auf meiner Chaiselongue ein.

56

Sieben Uhr früh anderntags wachte ich auf. Dann stellte ich mich unter die Dusche und trank einen Kaffee. Bis zum späten Vormittag vertrieb ich mir die Zeit mit Zeitunglesen und Radiohören. Dann steckte ich mir den Totschläger in den Hosenbund und zog meine Lederjacke darüber. Aus dem Schreibtisch holte ich die kleine Box mit dem Stück, das, wie ich nun wusste, Innerkoflers Janker angehört hatte. So gerüstet stieg ich in meinen Bus und fuhr los.

Ein luftiger Frühlingstag war heraufgezogen. Überall zeigten sich schon grüne Spitzen an den Bäumen, und die Forsythien standen in gelber Blüte. Durch das geöffnete Wagenfenster blies ein mildes Lüftchen, dabei aber frisch und klar wie nur im Frühjahr. Als ich den Englischen Garten passierte, roch es erdig-feucht wie von einem guten Acker herüber, und sogar durch den Autolärm hindurch meinte ich das anschwellende Zwitschern der Vögel zu hören. Aber die Welt zeigte nicht zufällig ihren unwiderstehlichen Schmelz, denn das Bittere erst gab dem Leben die Tiefe, die es so schön machte.

Die Kulturwerkstatt war im Erdgeschoss eines größeren Bürogebäudes untergebracht. Durch die weiten Fenstern hindurch sah man Stans Angestellte arbeiten. Ihn selbst konnte ich nicht entdecken. Ich riskierte es, klingelte und versuchte es gleich auf die vertraulich-lockere Tour.

– Wo steckt Stan?

Die Empfangsdame fragte, ob ich eine Verabredung mit ihm habe. Außer dem Termin von heute früh sei in ihrem Kalender nichts eingetragen.

– Sieht ihm ähnlich, sagte ich.

– Er ist in die Prinz-Rupprecht-Halle rübergegangen.

Sie deutete aus dem Fenster auf die in unmittelbarer Nachbarschaft liegende Halle.

– Er löst sein Büro dort auf. Soll ich ihn verständigen?

– Schon gut, lassen Sie nur. Ich mache eine Überraschung daraus und besuche ihn dort.

Das Gelände um das Gebäude herum war leer. Eine Schotterwüste ohne Baum und Strauch. Bei Konzerten waren hier Parkplätze ausgewiesen. Dicht vor dem Eingang stand ein schwarzer Van mit getönten Scheiben. Ich erkannte ihn, auch wenn das Rückfenster wieder intakt war. Um mir einen Überblick zu verschaffen, umkreiste ich einmal die Halle und stellte fest, dass alle anderen Zugänge und Notausgänge verschlossen waren. An der Stirnseite führte ein außen angebrachter Lastenaufzug ins obere Stockwerk.

Auch sonst machte die Anlage einen tristen Eindruck. Das rissige Mauerwerk, die abblätternde Farbe der Türen – man verstand sofort, dass hier nichts mehr stattfinden würde. Neben dem Eingang lagen altes Gestühl, Bretter und Paletten auf einem Haufen. Man wollte das Ding abstoßen – eine andere Perspektive zeigte die zugemüllte Anlage nicht mehr auf.

Vorsichtig drückte ich die Tür auf. Ich stand im Foyer. Die fleckigen Teppiche rochen nach feuchtem Schimmel. Die Garderobe war bereits zum Teil abgebaut. Durch eine der Schwingtüren betrat ich die Halle. In ihr herrschte dämmeriges Licht, denn die großen Fenster waren fast vollständig mit Planen verhängt. Der Bühne gegenüberliegend ragte eine offene Empore in den Raum. Der Treppenaufgang war mit *VIP-Lounge* und *Veranstaltungsbüro* ausgeschildert. Stan hielt sich mit Sicherheit dort oben auf. Seitlich an den Wänden waren metallene Steigleitern befestigt, um die Schienen, auf denen die großen Spots montiert waren, erreichen zu können. Auf einer dieser Leitern würde ich zur Empore hochklettern, dies schien mir ratsamer als der direkte Weg. Ich hatte mir Turnschuhe angezogen und war froh, dass ich auf so weichen und leisen Sohlen nach oben gelangen konnte. Von der Leiter aus war die Brüstung der Empore gut erreichbar, und ich stand nun in der VIP-Lounge. Eine reichlich mit Spiegeln ausgestattete Bar war aufgebaut; hier wirkte noch alles gediegen, roch aber schon muffig und ungelüftet. Hinter der Spiegelwand führte ein Gang in den Verwaltungsteil.

Auf dem weichen Teppich konnte man sich geräuschlos fortbewegen. Überall standen Umzugskisten. Am Ende des Ganges sah ich eine Tür offen stehen. Vor einer Fensterfront war ein Schreibtisch aus dunklem Holz aufgebaut. Keine Frage, dies war Stans Platz. Wo er sich gerade aufhielt, ließ sich nicht ausmachen, aber ich wusste, dass er früher oder später an seinen Schreibtisch zurückkehren würde. Ich nahm meinen Totschläger aus dem Hosenbund und schlich mich in das Zimmer.

Der Raum war leer, aber zweifellos war Stan in der Nähe. In der Ecke stand eine halb offene Golftasche, ein graues Jackett hing über seinem Bürosessel und eine benutzte Kaffeetasse stand neben dem Telefon. Vor seinem Schreibtisch angekommen, merkte ich plötzlich, wie der leichte Luftzug, den ich die ganze Zeit über im Nacken gespürt hatte, erstarb. Irgendwo fiel eine Tür sacht ins Schloss. Ich sprang aus dem Blickfeld. Stan kam herein. Er hatte einen Hängeordner in der Hand, den er im Gehen sondierte. Ich trat hinter ihn und kickte die Tür mit der Stiefelsohle zu. Er fuhr herum.

– Hallo, Stan.

– Willkommen in meinem Reich.

Seine verzerrte Miene wirkte jedoch alles andere als einladend. Stans Hand ging zum Telefon. Ich gab ihm einen Schlag auf den Handrücken. An meiner Entschlossenheit ließ ich keinen Zweifel aufkommen.

– Was willst du?

– Setz dich!

Mit meiner Stahlrute deutete ich auf den Besucherstuhl. Ich setzte mich ihm gegenüber, sodass ich ihn immer gut im Blick hatte und unter Kontrolle halten konnte. Aus meiner Hosentasche zog ich den mitgebrachten Behälter und legte ihn auf den Tisch.

– Fangen wir von vorne an.

– Was soll das sein?

– Ein Stück aus Innerkoflers Janker. Habe ich bei einer Reifenpanne zwischen den Bodenblechen herausgepult.

Stans Hand zuckte vor. Ich haute mit der Rute auf den Tisch.

– Pfoten weg! Möchtest du etwas dazu sagen?

Er schüttelte den Kopf.

– Damals habe ich gekuscht, heute nicht mehr: Dieses Beweisstück gebe ich weiter. Darauf kannst du dich verlassen.

– Gossec, der Denunziant. Wie tapfer!

– Deine biegsame Moral habe ich nicht. Wer nicht für deinen Vorteil arbeitet, den betrachtest du als Schwein. Du warst mal mein Freund. Unvorstellbar, dass du dich mit den Nazis zusammengetan hast, um den Wert deiner gammeligen Immobilie hochzutreiben.

Stan lachte nur.

– Die Zahlungen an die lassen sich sicher nachweisen, ist aber nicht mein Bier. Du wirst sehen, dein brauner Deal platzt noch. Wäre ja irre, wenn die Stadt da mitzieht. Aber das sind ja nur Kleinigkeiten. An sich geht es um eine schwerwiegendere Geschichte.

– Aha!

– Du hast mit Wolfertshofer gepokert und ihn umgebracht, weil er nicht zahlen wollte.

– Tolle Theorie!

– Deswegen wolltest du mir an den Wickel. Ich hatte mit der Autogrammkarte ein Beweisstück. Dort waren die Summen, um die ihr gespielt hattet, abgezeichnet.

Stan fuhr hoch wie ein Schachtelteufel. Er wollte mir an den Kragen. Ich fackelte nicht lange und setzte ihn mit einem Haken auf die gepolsterte Unterlage zurück. Er betastete seine blutige Lippe. Nun wirkte er angeknockt.

– Erzähl schon!

Ich deutete mit meinem Totschläger eine Ausholbewegung an. Stan hob abwehrend die Arme und verbarg seinen Kopf dahinter.

– Lass das! Es war kein Mord. Er ist kollabiert.

– Aber du wolltest mir das Ding in die Schuhe schieben.

Wieder wollte er auffahren. Ich stieß ihn zurück.

– Spielschulden sind Ehrenschulden, schrie er. Und danach gehört seine Wohnung mir. Die hatte er als Pfand eingesetzt. Hätte ich verloren, hätte er die Hand aufgehalten, und ich säße heute mit überhaupt nichts mehr da. Aber am nächsten Morgen ruft diese Drecksau an, um mir zu sagen, dass er überhaupt nichts bezahlt. Ich könne ja versuchen, die Wohnung einzuklagen. Logisch, dass es da Zoff gab …

Da ertönte das Signal eines Summers. Ich bedeutete Stan sitzen zu bleiben.

– Was ist das?

– Die Klingel unten.

Ich ging zum Schreibtisch und drückte die Sprechtaste.

– Ja bitte?

Ich hatte das barsch geraunzt. Doch dann erstarrte ich.

– Hallo, Stan, hier ist Emma. Emma Trovato. Tut mir leid,

dass ich dich da oben aufscheuchen muss. Aber du musst vorhin bei unserem Termin mein Telefon eingesteckt haben.

– Emma bleib, wo du bist, rief ich.

– Gossec?

Ich war abgelenkt und passte nicht auf. Stan hatte inzwischen mit den Füßen seine Golftasche herangezogen. Als sie umkippte, fuhr ich herum. Zum Glück für mich bekam er den Schläger nur am Kopfende zu fassen. Ich sah noch, wie er mit dem Schaft ausholte, und warf mich zur Seite. Meine Reaktion kam zu spät. Ein fürchterlicher Schlag traf meinen Schädel. Ich brüllte wie ein Ochse, den der erste Bolzenschuss nur gefällt, aber nicht getötet hatte. Der implodierende Schmerz, als würden Fetzen meines jetzt kaputten Hirns in einem kleinen Punkt zusammenschießen, machte mich stumm. Stan tastete mich ab, nahm meinen Totschläger an sich und schob ihn sich hinter seinen Gürtel.

Ich verlor das Bewusstsein.

57

Ob ich allein im Raum war, als ich aufwachte, konnte ich in meiner Benommenheit nicht feststellen. Ich mobilisierte meine Kräfte für einen vielleicht rettenden Gedanken: Früher hatte Stan in der Schublade zu seiner Sicherheit immer eine Waffe verwahrt. Ich robbte an den Schreibtisch heran und hoffte, dass dies noch genauso sein würde. Nun kniete ich vor der geöffnete Schublade und tastete sie mit beiden Händen ab. Jeder Herzschlag drückte Schmerzwellen durch meinen Kopf, die mich blind machten, sodass ich keinen Gegenstand fixieren konnte. Aber ich hatte etwas Kaltes, Metallisches erspürt, es fühlte sich an wie ein Revolver. In meinem dumpfen Drang hatte ich nicht weiter auf Stan geachtet.

– Du Ratte, hörte ich ihn hinter mir.

Er trat mit dem Fuß gegen die Schublade. Ein noch gewaltigerer Schmerz als zuvor durchfuhr mich. Als wären mir mit diesem Tritt beide Hände abgehackt. Ich schrie auf, sah noch, wie Stan braunes Klebeband von der Rolle riss, und spürte, wie er meinen Kopf damit umwickelte, um mich zu knebeln. Wieder rutschte ich in einen tiefen Abgrund von Bewusstlosigkeit, versuchte noch, mich oben festzuklammern, konnte aber nichts mit hinunternehmen als ein Gefühl tiefer Verzweiflung.

Irgendwann spülte es mich aus tiefer Betäubung in ein halb bewusstes Zwischenreich voller Schmerzen hoch. Ich sah nichts, konnte keinen Gedanken fassen, ich hörte nur die Schreie einer Frau. Ein starker Luftzug ließ mich zurückkehren. Dazu ein heftiges Gefühl, dass etwas Schlimmes passieren würde, wenn ich es nicht verhinderte. Ich öffnete die Augen. Stan hatte mir Mund, Unterarme und Beine mit Klebeband umwickelt. Die Tür zum Nebenraum stand offen. Meine schlimmsten Befürchtungen bestätigten sich: Emma stand nebenan. In der Hand hielt sie einen Holzprügel, ein Stuhlbein offenbar.

Mein Gott, offenbar hatte sie meinen Schrei gehört und versucht, mir zu Hilfe zu eilen!

– Komm bloß nicht näher, rief sie weinend.

Stan hielt in der Linken wie ein Raubtierbändiger einen Stuhl vorneweg und meinen Totschläger in der Rechten. Ein

Adrenalinstoß ohnegleichen durchfuhr meinen zerschundenen Körper. Es durfte nicht sein, was sich nun anbahnte. Wie ein Wurm kroch ich auf dem Boden zum Schreibtisch. Dort angekommen schaffte ich es, mich zu kniender Haltung aufzurichten. Ich stützte die Ellenbogen auf die Schreibtischplatte und zog mich in den Bürostuhl hoch. Mit meinen Oberschenkeln schob ich die Schublade ruckweise auf. Endlich lag Stans Revolver vor mir. Ich wollte zugreifen, merkte aber, dass mir meine Hände nicht mehr gehorchen wollten. Sie waren gebrochen. Tränen der Wut und der Hilflosigkeit schossen mir in die Augen. Ich hätte schreien mögen, nach oben hin, dass mir nun einer gefälligst beistehen müsse.

– Gossec!, schrie Emma, hilf mir!

Ich wusste nicht, wie, ich wusste nur, dass ich den Revolver mit beiden Händen griff und zweimal den Abzug durchzog. Dann erlosch alles.

58

– Einer ist tot, der andere verletzt, sagte eine Stimme.

Das musste Dieselhofer sein. Demnach hatte ich Stan erwischt. Tiefe Befriedigung durchsickerte mich.

– Geht es wieder?, fragte Dieselhofer.

Ich hörte das Schluchzen einer Frau.

– Ja.

Das war Emma. Erleichtert gab ich mich auf, als dürfte ich nun endlich die Stange loslassen, an der ich mich festgeklammert hielt. Dann wurde ich in gleißendes Licht getaucht. Ein strahlendes Weiß von großer Klarheit breitete sich aus, in das sich ein bläulicher Schimmer mischte, der es so funkelnd klar wie das Eis eines gefrorenen Gebirgsbachs anmuten ließ. Ich konnte nicht entscheiden, ob es Farben oder Gefühle waren. In einem Schwung, wie ich ihn früher nur beim Schiffschaukeln erlebt hatte, wurde ich emporgehoben, von der Schaukel freigegeben und flog dem Licht entgegen.

Von irgendwoher stahl sich der Gedanke in meinen Kopf, dass nicht Stan, sondern ich der Tote sein müsse.

Freilich, ich war im Himmel!

Mochte ja sein, dass man zuvor viele Fragen hatte, wie es wohl sein würde, als es so weit war, fiel jeder Zweifel von mir ab, als hätte ich es immer schon gewusst. Und sie hatte recht! Die verstorbene alte Frau in der Albert-Roßhaupter-Straße hatte genau nachempfunden, wie es da oben zuging: Engel schwirrten durch das ätherische Licht, als hätte man mit großzügiger Hand Silberstaub in die Luft geworfen. Manche setzten sich, erschöpft von ihrem munteren Treiben, auf Wolken, die wie bauschiger weißer Tüll in das klare Blau drapiert waren. Nur waren sie alle nackig; auf ein Lendentuch konnten sie hier droben verzichten, denn der Himmel ist der Ort der unverhohlenen Wahrheit.

Wer dies je schauen durfte, konnte feststellen, dass sie da nichts hatten. Es gab nichts zu verhüllen, denn Engel sind geschlechtslos. Ich verstand, warum das so sein musste. Hätten sie, wie von großen Malern dargestellt, doch ein Zipfelchen, müsste es auch das Gegenstück geben. Womit sich nun Engel grenzenlos vermehren würden, und zu diesem Überschwang wären diese Wesen fähig, denn was sie tun, tun sie mit großer

Begeisterung. Natürlich ist der Himmel ewig und unendlich, aber wo man sich ewig vermehrt, würde auch eine Unendlichkeit eng.

Und bei all diesen irrigen Annahmen hat man noch gar nicht in Betracht gezogen, dass die selbstständige Fortpflanzung der Engel eine entscheidende Schwächung der Schöpferallmacht Gottes bedeuten würde. Wenn jemand neue Engel erschaffen darf, dann nur er.

Zu guter Letzt muss man noch mit bedenken, dass eine geschlechtliche Fortpflanzung im Himmel nicht mehr möglich ist. Hier sind alle Begierden erloschen. Der Himmel ist eben entgegen der landläufigen Vorstellung keine immerwährende Happy Hour. Einen Alkoholausschank gibt es dort ebenso wenig wie spezielle Abteilungen für bayerische Menschen. Der bayerische Mensch hat nur in seiner barocken Wesensschau viel von dem vorweggenommen, was einem da oben begegnen wird.

Keine Begierden mehr. Das klingt hart nach Nirwana, unterscheidet sich aber grundlegend, weil es im Himmel gefällige Wesen der freundlichen Art gibt, Engel zum Beispiel, und kein gleichförmiges Nichts, in dem alles erloschen ist. Um sich von dem Glück der himmlischen Existenz eine angenäherte Vorstellung machen zu können, muss man sich probehalber eine Welt ohne Arschlöcher und Peinsäcke denken. Einfach nur freundliche, einander wohlgesinnte Menschen, die stets Gutes tun. Damit gäbe es keinen Hass, keinen Kampf mehr, die Liebe würde nicht gesucht, sie wäre gefunden. Ein himmlisches Wesen strebt nicht nach Erfüllung, es hat sie. Deshalb wird ein Bolzmann nicht einmal die Schwelle zum Himmel betreten dürfen.

Und was würde ich schon zurücklassen? Einen Körper voller Gebrechen. Eine anschauliche Vorstellung durchzog mich, wie aus meinen Fingern vermöge der großen Verwandlung Büschel von Bärlauch wuchsen, und wie Kleinstbestandteile von mir, die etwas vollkommen Neues geworden waren und doch ich selbst blieben, nun ein Rahmsüppchen oder Pesto illuminierten.

Da kam etwas neben mich, eine warme Aura, wie sie nur einen hochgestellten Engel umgeben konnte, und die Zuneigung eines Wesens hüllte mich ein, dessen Name Emma lauten musste – wäre es mir nur erlaubt, weiter auf der Erde zu verweilen.